今日子的
書

西尾維新
NISIOISIN

譯／緋華璃

目次

獻給遺言少女

第一章

住院的隱館厄介

1

啪嘰——聽見了像是捏碎雞蛋的聲響。

是從我的身體裡傳出的聲音。

渾然不知發生了什麼事，完全搞不清楚究竟是如何——要用這種句子來形容，在這個情況下也實在太過於文謅謅，根本沒有陳述到事實。實際上，我還來不及閃過「完全搞不清楚」這個念頭，就失去意識了。

頂多只能感到——原來人要死時，就是會掛。

2

不過，如果能那樣說掛就掛，人生在世也不用如此辛勞，人的性命固然脆弱，但同時也非常頑強。

徘徊鬼門關前整整一個星期之後，我總算在病床上醒來，才知道造成這一切的，是因為有個國中女生從大樓的樓頂摔落，她的軀體就這麼直直往正走在回家路上的我身上壓。

我似乎僥倖撿回一命。

不過，若是要我從此領略這份幸運，好好感謝上蒼，這次如同字面般「降臨在我身上的不幸」等級未免也太超過了——反倒讓我想詛咒上蒼，問祂究竟與我有何仇恨。

光是在日常生活之中，我就已經平常且恆常地會被捲入從微小犯罪到滔天大罪等各種無奇不有的犯罪事件，而且每次都會蒙受不白之冤，被當成嫌犯對待，黑鍋背到幾乎像是隨身後背包。這樣的我，隔了好久才終於——真的是好不容易——才終於找到一份新工作，可是為什麼才一找到工作，就得攤上這種事呢？

若要具體列出受到多少損害……雖然撿回一命，但右手臂和右腳大腿嚴重骨折，所以想也知道，我暫時不能工作了——別說工作，我連好好寫字、吃東西都辦不到——因此想當然耳，工作肯定是保不住了。

雖說利用寫履歷表的空檔，最近我也開始寫些類似備忘錄的文章，但搞到這樣動彈不得，感覺我或許真的只能去當個作家了。

聽我這麼說，前來慰問的紺藤先生教訓了我一番。

「只能去當個作家？喂喂，你別小看作家啊！厄介。」

紺藤先生任職於大型出版社「作創社」，才三十多歲就身居統領漫畫週刊雜誌編輯部之部長一職的他，或許因為曾經隸屬於小說部門，所以無法對我輕率的發言置若罔聞。

當我正要為自己的失言道歉時，紺藤先生卻微微一笑。

「不過說老實話，那些小看作家這行的年輕人，倒是還滿容易三兩下就成了個作家呢。從這個角度來看，你其實還挺有可能性的。因為你光是把平常體驗到的事記錄下來，應該就能寫成好幾本書吧。就像這次的體驗，也不是一般人體驗得到的。」

這究竟是在調侃我？還是在鼓勵我呢？感覺兩者都說得通，也似乎都說不通——我想還是從正面的角度來解讀這句話好了。

「話說回來。」

紺藤先生坐在床邊削蘋果邊說——讓曾經是自己上司的紺藤先生做這種事，實在是讓我過意不去到極點，但是身為右手不方便的重傷傷患，也只能承蒙他的好意了。

更何況，紺藤先生最討厭這種客套。甚至還不許我對他講話遣詞用字太恭敬——因為我們現在只是普通的朋友。

「如果是在漫畫世界裡頭，『女孩子從天而降』可是極為令人嚮往的展開呢。而當其發生在現實世界之中，原來會這麼悲慘哪……你這輩子遇到的慘事的確族繁不及備載，不過搞到住院倒也還挺少見的，不是嗎？」

「嗯，是呀，確實是。真是難得。」

但要是去檢視事態的嚴重性，能搞到住院已經算是輕傷了——依照主治醫師的說法，只要像這樣能夠清醒過來，就不會有生命危險，至於身上骨折的部位，似乎也不會留下後遺症。

醫生還信誓旦旦地向我保證，只要我自己感覺沒問題，今天就能出院

——不過，這或許只是透露出醫院方面因為病床有限，不希望一直有人占著單人病房的真心話吧。

「可別這樣想，醫藥費也不是一筆小數目，能夠快快出院是最好的——厄介，你要感謝父母生給你一副強健的身體呢。」

「嗯，這倒是。真是讓我感激涕零眼淚止不住……」

我總是毫不避諱跟別人說，自己這副超過一百九十公分的巨大身軀，在日常生活之中實在只是不便（而且我認為就是身高這麼高，才會老是引起眾人側目，導致動不動就受到懷疑），但如果這次是因此才撿回一條命，也只能說是不幸中的大幸了。

「說到骨折，也有治好之後，骨骼會變得比以前還要強健的說法呢——雖然我這身軀再強健下去也不是辦法。」

「哈哈，是有這種流言傳說。」

是流言嗎？

畢竟不是肌肉，不會恢復得那麼神奇——他補充。

不愧是紺藤先生，真博學多聞。

然而提到傳說，好像哪個古希臘的哲學家還是誰的死因，聽說就是被飛鳥沒抓穩的天降龜殼砸到頭死翹翹的。雖然遇上天降國中女生以身相砸的倒楣程度也可說是不相上下，但至少沒就如此成為我的死因，或許我的運氣還勉勉強強沒有糟到無可救藥的地步。

而且，也不只是我得救。

墜樓的國中女生也因為落點上剛好有個路過的我，撿回了一條小命——她可是從七層樓高的住商混合大樓樓頂上摔落，換作是正常情況，她應該早就一命嗚呼了——是因為有我這個安全「皮囊」，她才能大難不死。

國中女生——正確地說是國一女生。

還沒過十二歲生日的女孩——連少女都稱不上，頂多只能說是個孩子。

這也是得救的原因。

假如我的塊頭再小一號，或者是正值發育期的她再大一個學年，或許我們彼此都不可能平安無事。

話說回來，我雖然已經恢復意識，但是她還在另一家醫院裡徘徊於鬼門關前，要說「平安無事」也很難說。

還在住院的我，雖然輾轉聽聞女孩「尚未恢復意識」，卻也搞不清楚這究竟是代表她處於什麼樣的狀態。但至少可以確定的是，應該不會是能讓我沾沾自喜「都是因為我捨身相助，才能讓一名少女得救」之類的狀態。

……更何況，即使她之後因為治療發揮功效，順利清醒過來，或許也不會感謝我。

——因為。

因為那個國中女生是基於自己的意志，從樓頂縱身往下跳的。

也就是——所謂的跳樓自殺。

準備了遺書，擺好了鞋子。

她是看準鋪著柏油的馬路，自己跳下去的——才沒有打算要得救。

因此，對她來說，剛好路過正下方的我，只是破壞她好事的搗蛋鬼——這麼一來，我可真是好心沒好報。

說我膚淺也無妨，可是既然都因此身受重傷，並且幾乎已經確定會被炒魷魚，我希望至少能博得挺身救小孩一命的美名——不過實際上，我只是被自殺的她拿來墊背罷了。

考慮到年僅十二歲就決定要親自了結生命的少女內心苦衷，或許不該用「只是」來形容，而且比起再早個幾秒鐘，眼睜睜目擊到少女墜落地面的光景，事情能這樣發展或許還算好。

就算她不感謝我，就算她怪我多管閒事，或許我還是應該以救人一命為傲——即使我並沒有那個意思——那只是個偶然的結果。

即使——那只是個倒楣的結果。

「哈哈。你真是個好人啊！」

紺藤先生這次真的是在調侃我。

「我真不懂，為什麼像你這樣的人，會一而再、再而三地被當成兇手犯人呢……就連這次的事也不例外。」

「……」

提到這點，我真的很沮喪。

倒楣固然已是日常，但每每蒙受不白之冤的時候，我也未曾不沮喪——可是「這次的事」真的太令人沮喪了。

只是走在路上，就有人從天上掉下來，砸了個讓我重傷住院……但也因為如此，雙方都撿回了一條命，換個角度來看，就算不能成為美談，應該也可以從正面角度來切入解讀，視為一個奇蹟生還的案例——但是，世人的眼光卻完全不是這樣。

聽說當我陷入昏迷之時，在電視上播個不停的新聞，居然都朝著宛若走在大樓底下的我，故意給墜樓國中女生致命一擊的方向報導。

什麼致命一擊，少女根本沒死，到底要怎麼曲解、怎麼過度解讀，才能把事情解釋成這樣啊——我急忙把過去一個星期的報紙全都翻出來看，但是因為報導篇篇都寫得實在太過分，我看到一半就放棄了。

總而言之，所有的媒體都把我當成兇手，將我安上殺害國中女生未遂的罪名——沒想到我都已經命懸一線了，還要蒙受不白之冤——難道我到死都要背著黑鍋進棺材嗎？這還真是前所未見，特地為我量身打造的黑鍋。

覺得自己的冤罪體質已經到了一個無所不達的地步了。

我從未想過要成為名偵探，但好像就連被害人也當不了。可能因為「被害人」是未成年的國中女生，所以我的姓名也幸而未見諸報端，這或許算是唯一的救贖。

但是再這樣下去，「二手書店員工（25）」的真實身分被世人所知也只是時間上的問題——我就算了，但是對於僱用我的老闆實在過意不去。

「『二手書店員工（25）』是嗎？誰叫你以前在出版社工作，這次卻要去二手書店上班，搞這種腳踏兩條船的行為，這下遭天譴了吧？」

呃，第一線的出版人說出來的話就是很犀利。

被他這麼一說，我也無力反駁。

是有些背叛老東家的感覺。

話雖如此，縱然我的確有一段時間是紺藤先生的部下，在作創社打過工，但當時也蒙受了不白之冤，在百口莫辯的情況下被開除，所以也沒必要對出版社盡人情義理。

姑且不論這些，要說眼下我所面對的狀況是天譴，這也著實譴得太重了一點。

「雖然我想應該不至於變成那樣……但或許我該做好準備，萬一警方隨便聽信報導，要來找我問話，我也隨時都能找偵探來……」

我喃喃自語，也不盡然是在開玩笑。

儘管我還不確定像這種情況到底該找哪種偵探……我的手機通訊錄裡儲存了各家偵探事務所的電話號碼，但是一下子還想不到哪個偵探擅於處理女孩子從天而降的事件。硬要說的話，或許該找擅於處理媒體公審現象的偵探吧……說到擅於控制媒體的專家，對了……

「掟上小姐如何？」

冷不防，紺藤先生說道。

「嗯……？不，這種案子並不適合今日子小姐，不能找今日子小姐。在眾多偵探之中，她是屬於不適合辦這種案子的。」

今日子小姐——掟上今日子小姐，是我以前由於受到紺藤先生的請託，介紹給他的偵探。該說她是比較特別的偵探嗎？總之是個有點特殊的偵探。也因此，要處理當時紺藤先生遭遇的痲煩事，乃是再適合不過的人選，但是她那種特性，以這次的案子來說，卻是很明顯的不適合。

根據我多次的經驗（一般而言應該不會有這麼多次的經驗），一個人要從媒體公審現象恢復正常生活，是足以令人失去耐性的長期抗戰——正因為如此，這次可以說是完全沒有「無論什麼樣的案子，都能在一天內解決」破案速度最快的偵探出場的機會。

「這樣啊。說的也是。要是你能利用這次機會和今日子小姐的感情有所進展，也算是因禍得福。」

「哈哈哈……紺藤先生，你真愛說笑。我和今日子小姐的感情是不可能有所進展的，這點你不是也很清楚嗎。」

「如果你老是這麼想，的確是那樣沒錯。」

紺藤先生聳聳肩。

「既然如此，這就另請高明去挽回你的名譽……」

紺藤先生把削好的蘋果遞給我。

「那，你可以幫我叫掟上小姐來嗎？厄介。」

「咦？紺藤先生，你這句話是什麼意思？」

「也就是說，我啊……」

紺藤先生說道。

「我又有想請忘卻偵探——忘掉的事了。」

3

紺藤先生既是我的朋友，更是我的恩人，我當然沒理由拒絕他的請託。過去我在作創社工作卻蒙受不白之冤，那時唯一替我說話的人，就只有紺藤先生。只要是為了紺藤先生，要我赴湯蹈火，我也在所不辭。

不，甚至該說，我隱館厄介隨時都在等待機會，想要報答他的恩情——

然而唯獨這天，因為實在他過於唐突，幾乎是猝不及防地提到這個話題，令我不由得大吃一驚。

難道在我住院的時候，紺藤先生也遇到什麼麻煩嗎？

若是如此，那麼這個人的災難體質其實並不遜於我——一般而言，人生在世不會這樣三番兩次地需要偵探的幫忙。

而且還是在這麼短的期間內。

「聽我說，厄介。從我的角度來看，這並不算是多唐突的請託，也不是要趁機拗你幫我做事。因為我遭遇到的問題，跟你這次被捲入的事件並非全然無關。」

「並非全然無關？」

「不僅如此，還與你大大有關……老實說，我苦惱極了。我想你也是滿苦惱的，雖然應該是比不上你，可是我也著實傷透腦筋。」

紺藤先生說到這裡，露出有些無力的微笑——剛才我滿腦子都是自己的事，所以沒有注意到——說來紺藤先生總是神采奕奕的表情，今天看起來確實有些疲憊。

在我昏迷的一個星期之中，發生了什麼事嗎？他說並非與我全然無關，而且還是大大有關，但我卻一點頭緒也沒有。只不過，我的茫無頭緒與渾然不覺……也不是今天才開始的事。

「該不會又是里井老師發生了什麼事吧？」

我口中的「里井老師」是里井有次老師——是紺藤先生擔任責編的漫畫家之一，也是他身為總編輯的那本雜誌上當紅的漫畫家。

上次我把今日子小姐介紹給他的案子，就是發生在里井老師工作室的失竊案——這麼說可能有點失禮，雖然當時里井老師給我的印象是一位所謂天才型的漫畫家，但也因此我總覺得她除了漫畫以外，製造麻煩的才能似乎也很強大。

不過，這個推理是個籃外大空心——我果然當不了偵探。

「里井老師好得很！說是一帆風順也不為過。甚至該說歷經那件事，畫起漫畫來更是愈發順手了……掟上小姐的人格特質，似乎對里井老師帶來十分良好的刺激。」

那真是再好不過了——但這也讓我個人感到有些焦慮——即使我沒計畫要公開發表，可是對於正想把今日子小姐的偵探事跡整理成文章的我而言，實在不想讓才華洋溢的漫畫家搶先一步。

所幸，里井老師應該不是會去畫推理漫畫的漫畫家……

「那是誰？其他老師嗎？」

「沒錯。你很機伶嘛，厄介。」

他這樣稱讚我，我反而更難為情。

我只是不認為紺藤先生私底下會有什麼煩惱，所以他想找偵探的話，想必跟編輯工作有關吧。

沒比這更普通又平凡的發想了。

「話雖如此，倒也不是我直接負責的漫畫家……你應該還沒聽說過吧，阜本老師，阜本舜。」

誠如他所言，我沒聽過。

只不過，既然紺藤先生刻意用上「還」這個字眼，可以推測出大概是接下來會愈來愈有名的新人漫畫家吧。

不同於如今已經擁有不動如山的地位、無人能望其項背的里井老師，編輯部相當重視，並對其才華寄予厚望的人物——吧。

「啊，嗯，差不多。只不過，他已經不是新人了。因為他的年紀比里井老師還大，資歷也更久。」

「是喔……」

漫畫界多半給人年少才子一直冒出頭的印象，但在另一方面，這行也有著想熬出頭得花上意外漫長時間的傾向。因此，要說是無論年齡地位身處何方，隨時都有可能大紅大紫的夢幻工作雖也沒錯，但現實可沒這麼好過。

固然比起當個無業遊民好一點，但我想那也並非是我能夠負荷得了的殘酷世界——雖不盡然如紺藤先生剛才講的那樣，但或許也只有像里井老師那種，能把吃苦當吃補的人才會成功也說不定。

「阜本老師這陣子在我們家的雜誌開始連載的作品《好到不行(VERYWELL)》……

該怎麼說呢，總之是一部讓我覺得『有搞頭』的作品。皐本老師的時代終於要來臨了……身為總編輯，我可是打從心底滿懷期待哪。」

喔喔，紺藤先生的工作很充實呢——瞧他說得這麼熱切，讓我不禁把自己的事暫時拋到腦後，由衷替他覺得高興。然而，就算得知了漫畫名稱，沒聽過的作品還是沒聽過，所以不好隨便發表意見。

再加上光聽他這樣說，感覺紺藤先生和皐本老師就跟里井老師一樣，都處於順風順水的狀態，根本輪不到我這個沒啥能耐，唯獨只對該怎麼迴避麻煩特別清楚的倒楣人出場。

「只是，這幾天出了點問題，而且是非常嚴重的大問題。」

我正疑惑抓不到問題的重點，紺藤先生終於切入正題。

我探出身子，想聽個仔細。

到底什麼是「與我並非全然無關的煩惱」。

「其實也不是什麼前所未見的問題……皐本老師並不是遇上那種幾乎每天都會降臨在你身上的光怪陸離、史無前例之奇妙事件，而是身為漫畫家或小說家……只要是身為所謂的『創作者』，就不曉得什麼時候會被捲入的麻煩。既不特別新穎，而且還挺古典的。」

「……紺藤先生，你這話也繞了太多個圈子了，聽起來很複雜、很難理解哪！別擔心，要是真有必然性，不管是什麼樣的委託，今日子小姐都會答應的，你大可放心。那個人並不是那種『若非充滿魅力的謎團、匪夷所思的案件就不接』的偵探。更何況她是忘卻偵探，一定會保守祕密的。」

基於忘卻偵探的特性，若非「一天以內就能解決的案子」，她也不會承接吧。而且前一陣子才因為沒能確實遵守這個規則，演出了一場慘不忍睹的大慘劇。

雖然對紺藤先生過意不去，要是在我這一關就能判斷明顯是強人所難的委託，我就會另外介紹比今日子小姐更適合的偵探給他——畢竟我對那次的事也很自責。

「不，我沒有那個意思……說的也是，要是太賣關子，讓你產生莫名其妙的期待，也違反我的原意。只是身為編輯，有些難以啟齒。」

這種呑呑吐吐的態度實在太不像紺藤先生了——產生期待確實是輕佻，可是他這麼慎重地說了這麼多開場白，也很難不讓我預設立場，想像那到底是什麼天大的煩惱。

不過，當我以為紺藤先生下定決心，終於要進入正題，開始進行具體說明時，他卻又跳回前一個話題。

「從頭上砸中你的那個國中女生……她是要自殺吧。」

雖然部分新聞報導（或該說幾乎是所有新聞報導）裡不知為何都會演變成是我要殺她，但至少她「自己從大樓跳下」一事，是無庸置疑的事實。

就我站在截至目前體驗過無數宛如推理小說般詭異事件的立場，此時會懷疑整件事是偽裝成自殺的他殺，或許也只是理所當然——實際上，我也曾親身體驗過這樣的案子，並不是純想像——不過，這次有國中女生留下的親筆遺書，應該是自殺沒錯。

如果是電腦打字或是用簡訊傳的遺書，還有可能是偽造的……但如果是親筆寫的就假不了。

「沒錯。問題就出在那封遺書。」

「所以到底是什麼問題？」

看在被當成兇手的我眼中，那封遺書的存在可說是救命的稻草。現在還只是被媒體無憑無據地隨便亂寫，要是沒有那封遺書，我可能真的要背上殺人未遂的罪名——仔細想想，沒人規定自殺一定要留下遺書，所以我應該還要感謝國中女生為我留下了遺書也說不定。

「的確。做為你的朋友，我也應該要跟你一樣，深深感謝這一點也說不定……可是，我實在無法感謝她。」

紺藤先生難得以隱含怒氣的語調說道。雖然那怒氣似乎不是針對我，但我還是不由自主地膽怯。

「此、此話怎講？」

「那封遺書現在是我……同時也是阜本老師煩惱的根源。不，豈只是根源，根本已經發芽了，長出的藤蔓正把阜本老師捆綁得喘不過氣來。」

「……？」

「問題在於遺書的內容——她在遺書裡表明自己是阜本老師的粉絲。」

遲鈍如我，聽到這裡還是滿頭霧水。不過接下來的這句話，讓我總算明白紺藤先生他們揣在懷裡的那個煩惱，究竟是有多麼地嚴重與沉重。

「她白紙黑字寫下自己是受到阜本老師的作品影響才自殺的——還極為周到地，連人物的插圖都給畫上了。」

4

因為實在看不下去「二手書店員工（25）」被當成涉嫌重大的重要關係人，我沒怎麼好好地去閱聽新聞及報紙——因此對於國中女生個人的詳細情報，和她留下的遺書具體內容，都並不是非常了解。

我只知道她留下遺書，自己跳樓這件事——老實說，比起自己被當成嫌犯的事實，十二歲的小孩選擇自殺的背景更讓我不忍直視，也不想知道她為何會搞到自殺未遂的理由。

太過於敏感了。

即使那正是造成我住院及失業的原因——然而一想到她現在還在鬼門關前徘徊，就更讓我不想深究。只是，沒想到遺書內容竟是如此莫名其妙——不，或許不能說是莫名其妙。

畢竟牽扯到人命——不僅如此。

還牽涉到人家的漫畫家生命。

沒想到在我陷入昏迷的時候，會在紺藤先生身上發生這樣的變故……

「並非與我無關……而且還是大大有關，原來是這麼回事嗎？」

「該怎麼說呢……要不是你那個時候剛好走在她墜樓的落點上，風波可能還會鬧得更大吧。」

紺藤先生說道。

是為了讓心情平靜下來嗎？他開始削起自己要吃的蘋果。我也這才發現自己一直手拿著紺藤先生削給我的蘋果，卻遲遲沒放進嘴巴裡，趕緊連忙咬下一口。

「什麼意思？」

我邊咀嚼多汁的蘋果邊問他。

「意思是說，要不是『二手書店員工（25）』成為媒體寵兒，現在遭受世人抨擊的，大概就是阜本老師了。」

紺藤先生感嘆說道。

且慢，聽到這種話，想要感嘆的是我好嗎。雖說隔了一層，不過我似乎在不知不覺間幫上紺藤先生的忙——這固然令我欣慰，但因此成為媒體的寵兒（正確說法其實是「媒體的攻擊目標」吧）卻完全稱不上是好事。

「我並不是慶幸你成為受到抨擊的對象，但我因此得救卻也是事實。我以前在你含冤莫白時為你說話，這下子不只是能一筆勾銷，還會有剩……剩下來的甚至還足以與國家預算匹敵哪！而且，或許是為了維持把你視為兇手的報導主軸，遺書的內容幾乎沒有見諸報端。」

是這樣嗎。

要戴上有色眼鏡來看，也可說是媒體為了陷我入罪，對遺書的存在隱而不談，當然那之中也有著因為「被害人」是未成年少女，且尚有生命跡象所做的考量吧。但是萬一那天我沒站在她墜樓的落點上，她應該早就按照原定計畫去向閻羅王報到，遺書恐怕也會公諸於世，而砲口肯定會對準在逼她到自殺的「兇手」身上。

亦即──皐本舜老師身上。

「呃，那部影響了國中女生的作品，就是你剛才提到的那部漫畫……正在連載中的《好到不行》嗎？」

「不，不是。是皐本老師早期的作品。是他在新人時代畫的……一篇單話完結，叫做〈Cicerone〉的短篇漫畫。」

紺藤先生回答我的問題。

就連正在連載中的作品名稱我也是剛剛才知道，所以既沒聽過這短篇的名稱，也完全不知內容為何……至於〈Cicerone〉這個外來語（？）的意思，我也不明瞭。

「嗯，那是一篇知道的人才知道的作品。既然她看過這篇，應該就真的是阜本老師的粉絲沒錯。有這麼熱情的粉絲，本來應是件可喜的事。」

「……那是一篇什麼樣的漫畫？」

也不曉得該不該問，但如果不問，話題就繼續不下去了，於是我下定決心開口問。

「很難用一句話形容……但作品裡的確有人物自殺。從某個角度看，要說有無過度美化自殺的描寫，也是算有。畢竟當時他才剛出道，是很年輕時畫下的作品，所以該說是激進嗎……不能否認有些尖銳帶刺之處。」

感覺紺藤先生說明起來極為不情不願——嗯。

我沒看過內容，也不便多說什麼，但是這樣聽下來，必定會有人怪罪那篇漫畫，認為國中女生是模仿漫畫才會自殺的吧。

更別說她不只是個粉絲，還在遺書裡白紙黑字寫下這件事——若非我被媒體當成嫌犯大肆報導，現在媒體報導的風向一定充滿了「漫畫帶給小孩的不良影響」或「創作自由不該毫無限制」這種了無新意的爭論。

光是想像就令人毛骨悚然。

我曾經半開玩笑半認真地詛咒上蒼為什麼要這樣對我，但這是我第一次不帶一絲自嘲的意味，真心感謝自己的冤罪體質。縱使用不著如此感慨，光想到如果我沒有經過她墜樓的地方，就覺得頭皮發麻。

雖說最糟的情況，是倘若當時站在她墜樓落點上的人，並不是具有冤罪體質的我，而是身材嬌小一點的其他人，於是那個其他人就和企圖自殺的國中女生雙雙殞命……

屆時，皐本老師的漫畫——無疑會成為奪走兩條人命的輿論抨擊箭靶。

無需贅言，身為推理小說的讀者，我站在捍衛創作自由的那一側。但另一方面，也不是說要箝制報導的自由，可是也不想讓作家們在處處受限的情況下，去將想像化為現實——是我個人的意見。

不，這也稱不上是什麼意見——就只是感想而已。只是表達我的心情，並未經過深思熟慮。只是我反射性的、欠缺考察的想法——實際上，要是我接觸到滿載各種露骨歧視的創作，一定也會覺得很不舒服，一定會「覺得」不該讓小孩看這種東西吧。

這個問題是不會有答案的。

毀譽參半是其必然的結果。

如果問我創作物是否會對受眾的人生或感性帶來影響，答案當然是肯定的——如果有讀者是因為看了漫畫才成為職業棒球選手或職業足球選手，那麼又怎能斷定絕對沒有讀者因此成為不良少年少女或犯罪者。

不只是小孩子，就算是大人，也會受到作品的影響，使得人生變好或變壞——這是無法否認的，毋寧說，人們就是為了改變自己的人生，才會去接觸欣賞作品吧。

不管是漫畫還是小說、電影，或者是非虛構的現實，接觸到某些事物以後卻沒有任何改變，基本上是不可能的。

說的再極端一點，或許也有觀眾或讀者會由於看到抨擊我來毫不留情的報導，於是便認為「可疑的傢伙受到再多批判都是應該的」也說不定——天底下沒有不會對閱聽人造成影響的媒體。

但如果因此裝作一副相對主義論者的模樣講些「世事本不分對錯」，

其實也是毫無意義的——所以，我認為在雙方都只能講出稱不上意見的感想時，這個討論基本上就已經結束了。

人當然會受到周圍的影響——這是有道理的，但要是自己的感想被這個道理給駁倒，任何人都無法接受。當然，被説服並不表示就輸了。這並不是勝負的問題，甚至也不是價值觀的問題。

「……不過紺藤先生，這的確很有可能會造成天翻地覆的大騷動，但幸好已經避開最糟糕的發展了吧？該説是千鈞一髮……或該説已經做為一個算不上事故的事件結束了……總之，這個問題已經不是問題，不是嗎？」

永不結束的議論已經結束了——問題也不再是問題。

畢竟是個盤根錯結的問題，雖然很難説是真正解決了，但因為有我這隻代罪羔羊，至少可以説是成功避開了問題——縱使不是可喜可賀的大團圓結局，也還算是告一段落了吧。

「不，問題沒這麼單純。的確拜你所賜……其實這樣説也很怪，問題沒有浮上檯面。只不過，並非沒有浮上檯面就諸事大吉了。事情雖沒有公諸於世，但還是被本人知道了。」

「本人？」

「就是阜本老師本人啊。」

他受到非常大的打擊──紺藤先生說。

那是告訴他的傢伙不好吧……到底是誰告訴他的！算了，我再憤慨也無濟於事，但還是忍不住跟紺藤先生一個鼻孔出氣。

「自己筆下的作品竟差點奪走小孩子的性命──這讓他難過得想封筆，不，應該說讓他的創作起來很難過。」

真是難笑的雙關語。

不過，我明白他的心情──但其實是不可能明白的。

我是沒聽說過漫畫的例子，可是年輕人被小說或戲曲等創作觸發進而走上自殺這條路，自古以來就是很普遍的現象──然而即便這麼說，也無法帶來任何安慰。

受到期待的漫畫家被逼入這種困局，也難怪紺藤先生會如此煩惱了──

無論是身為雜誌的總編輯，還是身為一個人，他都無法不與漫畫家共同背負這樣的煩惱吧。

他就是這樣的人。

可是關於這件事，就第三者的立場能給的建議，也只有「最後還是得靠阜本老師自己度過這個難關」而已——又或者如果他因此不想再畫漫畫，也應該尊重他的判斷才是。

「當然，這點我也明白。我已經和阜本老師的直屬責編一起去勸過他，但最後還是得由本人判斷。」

「這樣啊，說的也是。是呀，這件事輪不到我置喙……我太多嘴了。實在愛管閒事，真是好丟臉。話又說回來，為什麼要告訴我這件事？」

聽完整件事，覺得這完全是業務機密——縱使跟我遇到的事息息相關，但是把牽涉到阜本老師去留的遺書內容告訴我，真的沒問題嗎？

而且一開始不是要我介紹今日子小姐給他嗎……雖然聽來聽去，感覺這仍不是適合委託忘卻偵探的案件。

不，不只忘卻偵探，無論哪個偵探，都拿這件事沒輒吧——因為既沒有需要解決的謎團，也沒有必須逮捕的犯人。

「確實如你所說，厄介……但這些全都建立在『我剛才講的一切都是事實』的前提下。」

「都是事實的前提之下？」

——難道不是事實嗎？

我一直是在「都是事實的前提之下」聽他敘述的。

只是我這一路走來，也背負過無數名為「事實」的莫虛有罪名。就像現在，媒體把我當成重要關係人，新聞炒得沸沸揚揚一般，如果告訴我剛才的話都是「捏造」的，我也無法輕易地否定。

沒有什麼事情是可以確定的——某位完美主義的名偵探曾這麼說過。

「嗯……我這麼說好像讓你誤會了。這件事的確是事實。雖然沒看到遺書正本，但警方讓我看了影本，也向我透露了一些還沒告訴你的內幕——要說的話，阜本老師目前身處的狀況，和你置身的狀況完全不同。」

「既然如此……」

「可是啊，我總覺得好像有點不太對勁。」

紺藤先生這麼說。

他雖然用「好像有點」來含糊帶過，但語氣卻是完全地肯定。

不太對勁。

是什麼不太對勁呢？

「反過來說，其實是太對勁了——一切都太過完美了。我不太會形容，但總覺得很刻意。」

「很刻意……」

有什麼……陰謀之類的嗎？

為了打壓將來要肩負雜誌未來的漫畫家而進行的陰謀……？有人為了達成這個目的，讓國中女生留下那種遺書，慫恿她自殺——是這意思嗎？

太荒謬了。

這種故事大綱非但說不上完美，根本就不值一哂——連我都不會有這種被害妄想。

「是呀。當然，我也不是在跟你講故事，萬一那個國中女生真的是因為阜本老師的作品而自殺，我身為總編輯，也不會逃避這個責任——只是，有一股明確的不協調感，讓我覺得事情並不單純。」

不協調感……這實在是太抽象了，感覺並不能做為任何根據，但即便如此，也不能把感覺到的不協調感置之不理。

所以要找今日子小姐嗎？

所以才要找掟上今日子嗎？

我終於恍然大悟。

紺藤先生的這個委託，是想知道那種不協調感究竟是什麼吧……想要知道他自己無法形容，而我光是聽他敘述，也完全感受不到的「那種感覺」到底是什麼。

當然，如果真的什麼也沒有，想知道也無從知道起——而就算有什麼，今日子小姐也不見得能確實地指出那究竟是什麼。

歷經里井老師的事，以及之後須永老師的事，紺藤先生大概比必要以上更高估今日子小姐的能力。實際上，今日子小姐只是相較之下特別能嚴格遵守保密約定，倒也不是萬能的名偵探。

還有，紺藤先生似乎動不動就想幫我和今日子小姐牽線，實在是他想太多了。雖說這次應該不是那麼回事——紺藤先生目前遇到的狀況，應該不至於會讓他還有興致來管我和今日子小姐的閒事。

「不不不，厄介。我知道你想說什麼，但是我也有我的理由，一定要拜託掟上小姐，不能拜託別人。當然，首先這件事絕對不能曝光，所以希望能在保密的情況下進行。另外與其說是『忘卻』，這次我特別重視的，反而是她的『速度』——因此才要找掟上今日子。我很期待掟上小姐身為最快偵探的才能哪！因為我實在沒有時間了。」

「沒有時間……？什麼意思？」

除了「忘卻偵探」以外，今日子小姐的確還有一個「最快偵探」的稱號，但為何非要最快不可呢？

事情發生至今都過了一個星期，事到如今，還有什麼好急的……

有什麼需要「最快」的原因嗎？

「我知道阜本老師現在很不好受，但畢竟《好到不行》是在週刊上連載的漫畫。」

紺藤先生給的理由極為實際。

他雖然說如果本人要封筆，他也不會阻止對方，但是身為漫畫雜誌的總編輯，若非到最後的最後一刻，似乎還是不願讓寄予厚望的漫畫家就這樣退出江湖。

如同偵探要嚴格遵守保密約定一般——他說。

「漫畫家也得嚴格遵守交稿期限才行。」

第二章

委託的隱館厄介

1

「初次見面，我是忘卻偵探掟上今日子。」

第二天。一如既往，明明不是第一次見面，但依舊伴隨著這句話出現的今日子小姐，走近位於病房中央的病床。

「我瞧瞧。」

她緊盯著我的右腳——嚴格說來，是我的右腳大腿，也就是骨折、打上石膏的部位。

「今、今日子小姐？」

我不知道她在凝視什麼，也因為和她的距離突然近到這樣而感到困惑，提心吊膽地開口問她。

「沒什麼，抱歉。」

今日子小姐打直方才弓起的背。

「我很嚮往骨折呢。所以才會不小心看到如此忘我。」

當著骨折住院的人面前，說這種話也太過分了。不過，能夠像這樣與今日子小姐見到面——能在「初次見面」的情況下，有個適合做為破冰小引的話題，或許這骨折也算折得有價值了。

最好是這樣啦。

不過，看來也未必只是為了縮短「初次見面」的距離而說的玩笑話。

「借我摸一下喔！」

也不等我答應，今日子小姐就像在看診一樣，邊說邊往我右手臂的石膏上摸——怎麼了，骨折打個石膏就這麼受到歡迎，好像回到學生時代。

或許是為了配合醫院這個地方，原本就已經是滿頭白髮的今日子小姐，今天的打扮整個還以白色為基調。上頭有刺繡的長裙，搭配長袖的粗斜紋布襯衫，圍著薄薄的絲巾——只有鏡框是黑色的，特別顯眼。

「嗯……真好，真是好帥氣。」

今日子小姐一臉陶醉地說道。何以會對石膏如此著迷……她的動作簡直像是在仔細檢視破案的證據，而我只能任由她擺布。

人的興趣真是難以理解。

我想我的石膏應該與本案的內容無關……不過在「無反響無加工事件」裡，今日子小姐就是靠著遺留在現場的一絲絲線頭，成功揪出犯人。

關於這起國中女生自殺案，說不定她還真能從打在我身上的兩塊石膏找出令人跌破眼鏡的真相——這想法使得我實在不敢貿然問她在幹嘛。

倒也不是退而求其次，總之我這麼問今日子小姐。

「……今日子小姐不曾骨折過嗎？」

這麼問沒別的意圖，就只是字面上的意思。

「沒有呀。所以才很嚮往呢。」

她回答時看也不看我一眼，仍然不斷地在石膏上東摸摸、西摸摸……話雖如此，也不能對她的回答囫圇吞棗。

因為今日子小姐終究是個很愛以身犯險的偵探，很難想像她過去從未受過傷——就算她以為自己以前沒骨折過，可能也只是她忘記了而已。

2

正當今日子小姐全心專注於我手上和腳上的兩塊石膏時，請容我為大家說明一下忘卻偵探的特性。我第一次委託她的時候，她還是個只有知道的人才知道的偵探，最近忘卻偵探的知名度與日俱增，或許大家已經聽說過她。不過可能也有人已經忘記了——因為是忘卻偵探嘛。

置手紙偵探事務所所長——掟上今日子。

雖說是所長，但畢竟是一人公司，她既是所長，同時也是唯一的員工，舉凡業務、公關、會計，全都一手包辦，亦即沒有「華生」相伴的偵探。

這般孤高的偵探，算是非常少見。

當時就已經很明白她非常有本事，但今日子小姐身為偵探的特色，其實不在其能力。從「忘卻偵探」的外號可以得知，她身為偵探的關鍵字——乃是「忘卻」這兩字。

今日子小姐只有今天。

她的記憶每天都會重置——睡一覺，早上醒來，就會把昨天發生過的事忘得一乾二淨。

無論參與過什麼樣的調查、發現什麼樣的真相——不管是委託人的事，還是兇手的事，所有資訊都會從她腦中煙消雲散，無一例外。

所有記憶都會被抹去。

嚴格說來，就從事可說是以刺探別人祕密、探索社會內幕做為主要職務的偵探業者而言，這點占有非常大的優勢——從完全遵守保密義務這個層面來說，再也沒有比她更能拍胸脯保證的偵探了。

實際上，今日子小姐基於這個特性，也承受過不少深入國家機密或國際問題的委託。就算是萬一曝光可能會危及性命，一般偵探大多會裹足不前的危險案件，她也能大搖大擺地深入調查。

神奇到如此地步，這點幾乎已經不能說是特性，而是特技了。當然，這樣的優勢也必然伴隨著需要克服的障礙。

每天的記憶都會重置——也就表示無論什麼案件，都必須在一天以內解決──因為收集到的證據和建立起來的推理，都會在一天內忘掉。

不管是難解的案件，還是不可能的犯罪。

她是有時限的。

忘卻偵探在遵守保密義務的同時，也必須遵守時間限制──否則她無法完成自己的任務。

「最快的偵探」自此應運而生。

因為是忘卻偵探而成了最快的偵探──最快的偵探卻也是忘卻偵探。

無論什麼樣的案子，都能在一天內解決的名偵探──說穿了，其實是在接到委託時，以「事情能否在一天內解決」做為基準加以判斷，只有確定能解決的情況下，置手紙偵探事務所才會啟動調查案件。換個角度說，今日子小姐之所以接下調查這件案子──紺藤先生透過我引介的國中女生跳樓案，表示她認為今天之內，就能解決這個盤根錯結，看在外行人眼中連該從何處著手都不知的委託。

3

「呼……實在是太令人滿足了，謝謝你。」

今日子小姐道了聲莫名其妙的謝，總算放過我了。由於冤罪體質作祟，承蒙忘卻偵探多次為我解危，但剛才我真的開始擔心，自己會不會只是過去恰巧一直沒機會發現這名女性其實是個危險人物……所以她能放過我，讓我打從心底鬆了一口氣。

看樣子，（好像真的就是玩夠了，所以顯然）把玩石膏並不是她此行的目的，今日子小姐終於進入正題。

「那麼因為時間有限，就讓我們開始工作吧——你是隱館厄介先生吧？初次見面。」

她似乎是在不確定我是誰的情況下，在極為有限的時間之中，摸遍了我骨折的部位。

她到底在幹嘛啊。

順便再提一下，忘卻偵探雖然多次為我解危，但是想當然耳，今日子小姐已經忘了過去為我解危的事——不管是第幾次的委託，對今日子小姐而言，我都只是「初次見面」的對象。

如果讓我說老實話，像這樣每次見面都被忘記，受到的心靈傷害實在很巨大——與蒙受不白之冤所受的打擊其實不分軒輊。

縱使不論忘卻偵探、最快偵探的優勢，即使稱不上是頂級水準，今日子小姐依舊是能力非常卓越的偵探，但是我之所以每次都猶豫著要不要找她，就是因為不想承受這樣的打擊。

因此，我只有在無論如何都需要「忘卻」或「最快」之時，才會委託今日子小姐——以及像這次這樣，有人拜託我引介的時候。

……話說回來，我都還沒自報姓名，今日子小姐也說「初次見面」，她為何知道我是誰呢？今天早上打電話委託時，雖然告知過姓名，但她應該還不知道那個人就是我。

或許是我一臉疑問，今日子小姐伸手指向病床的圍欄。

「瞧。」

正確地說，她指著的是貼在病床圍欄上的患者名牌——除了出生年月日和血型以外，還寫著「隱館厄介」的名字。

說穿了就不值錢——要說這就是「身為偵探需要具備的觀察力」，可能也還稱不上吧。但所謂的推理，大概就是這種細微發現的累積。

「現在時間是十點十分。」

毫不在乎我還在感慨佩服，今日子小姐看了放在病房窗邊的時鐘一眼——如她所說，時針與分針正好形成了漂亮的角度。

順帶一提，我們約好的時間是十點。

換句話說，今日子小姐花了整整十分鐘把玩我的骨折部位——今日子小姐明明只有今天，我卻讓她浪費了其中十分鐘——讓我不禁心生反省之意。

即使那並不是我的錯。

「聽起來內情似乎錯綜複雜，行動還得配合日理萬機的紺藤先生和皐本老師的行程，這樣好了，總之先抓個基準，先以在十二個小時內解決為目標好了。也就是說，讓我們在晚上十點以前解決這件事吧！」

「咦……十、十二個小時嗎？」

突然揭示這麼具體的數字，令我不禁大吃一驚，但是對今日子小姐這位最快的偵探而言，這還算是比較花時間的。

她下午會到作創社的總公司大樓與紺藤先生和阜本老師見面，詢問他們詳情──這會花掉她非常多寶貴的時間吧──紺藤先生姑且不論，但是要向阜本老師問話，不難想像會是件困難的事，所以她先預留了這部分的時間，真是明智的抉擇。

「首先，請讓我問隱館先生幾個問題──隱館先生雖不是直接的委託人而是居中牽線者，但同時也是本案的當事人之一吧。」

「是……是的。」

今日子小姐以看她在把玩石膏時難以想像的乾脆俐落，極有效率地切入正題。

要說當事人當然是當事人，而且還是一個當時身處在事件中心，差點一命嗚呼的當事人，所以我對這點並沒有異議。

於是她又接著問我。

「我想先確認一點，隱館先生，你沒有要殺那名國中女生的意思吧？」

真是令人全身脫力的問題。

手腳都已經骨折了，要是再這樣脫力，我還要不要活啊——不過，如果要說被這麼問是常有的事，還真是常有的事。

看來今日子小姐是打算從我「是否是真的被冤枉」一事開始確認。這並不是針對我，做為今日子小姐身為偵探的基本態度根柢的要素之中，似乎原本就有一則叫做「委託人會說謊」的穩固信條。

雖是非常正確，但也有些寂寞。

從我的角度來看，明明已經認識很久，卻完全無法建立起信賴關係的關係，充滿了難以言喻的徒勞與虛無。

畢竟是忘卻偵探，要說無法建立關係是當然，倒也是理所當然……

「在接到電話，來到這裡之前，我已經稍微預習過事件內容，由於我看到有部分媒體報導是這麼指稱的，所以我只是想再確認一遍……請你不要放在心上。」

今日子小姐嘴上雖然這麼說，但是看她那樣子，明擺著還在等我回答——似乎不打算就這麼含糊帶過。

「完全沒有這回事。」

我也只得無可奈何地回答。

「我當時根本不曉得發生了什麼事。不只是腦中一片空白，記憶也是一片空白——我只記得當時正要從上班的地方回家。先是聽到啪嘰一聲，像是骨頭折斷的聲音，再回過神來的時候，已經躺在這張病床上了。國中女生從大樓的樓頂跳樓，剛好壓在我身上這種簡直令人難以置信的事實，我也是聽別人說才知道的。」

真是衰到讓我不禁仰天長嘆——都已經這麼倒楣，還不知為何被當兇手看待。後來得知這些超展開之時，別說仰天長嘆了，我只能低頭垂淚。

「這樣啊。我也認為要算準時機，剛好站在她墜樓的落點上實在太不切實際了……看見女孩從天而降，就連要衝過去接住她都很勉強了，更何況還是以傷害她為目的衝上前去。」

「對、對吧？我也百思不得其解，自己為何會被當成嫌犯……」

我不自覺地跟以前一樣，對她發出求救訊息——明明這次並不是要她為我洗刷冤屈，看來我已經養成習慣，見到她就想求救了。

話說回來，雖然我沒兩下就對那些報導視而不見，但或許就像紺藤先生所說，那些實在是太欠缺真實性的故事，所以曾經炒得沸沸揚揚的報導，也從前天開始逐漸歸於平靜。

也或許是打算開始炒其他新聞——媒體本來就是喜新厭舊的。

「可是隱館先生，你真的沒注意到嗎？要是你事先注意到有女生要掉下來，應該就能躲開才是。」

她問來語氣自然。

要是當時躲開，就算我沒事，國中女生也不會沒事吧——眼下已經重傷昏迷，要是我躲開了，她就算當場死亡也不奇怪。

只不過，站在偵探的立場，這或許是該問的問題。
當然，我也沒有聖人君子到能斷言自己就算注意到也絕不會躲開。
正因為我沒有注意到，才會發生這次的事。
話說回來，很少有人走在路上會抬頭看正上方吧——誰會想到有個國中女生會從頭頂上掉下來。
「我明白了。那我就相信你吧！」
今日子小姐說道，似乎接受了我的說詞。正當我因為好不容易取信於她而放下胸中的大石時，冷不防地她又開口。
「隱館先生。」
今日子小姐心中對我仍有疑惑嗎？這實在是太令人洩氣了。
但事情似乎不是這麼回事——如她所言，對我的查證已經結束了，因為今日子小姐接著是這麼說的。
「叫你隱館先生好拗口，以後可以直接喊你厄介先生嗎？」

4

今日子小姐只有今天，昨天以前的記憶會盡數消失歸零，無一例外——不過，消失的是記憶，體驗過的事實是不會消失的。

想當然，我們都認識這麼久了，即使頭腦不記得，身體也還記得，所以才會想叫我「厄介先生」——但是像這種感性的解讀，該說是有點樂觀嗎？還是過於一廂情願的臆測？

其實只不過是因為「隱館先生（KAKUSHIDATE SAN）」比「厄介先生（YAKUSUKE SAN）」難發音吧——也或許是基於後者的音節比前者短，少發一個音可以節省一點時間這種基於「最快」而形成的理由——也可能只是因為她「今天」剛好心血來潮（抑或只是因為摸到骨折部位，令她芳心大悅），等到下次見面，她的記憶重置，一定又會回到「隱館先生」的稱呼吧。

就只是這種程度的小事。

這種程度的小事，卻令我心旌搖曳，但是今日子小姐本人卻絲毫也沒放在心上，就像是當我已經答應了似的，繼續往下說。

「厄介先生，雖然接到你的電話時，已經從你口中聽到大致的情況，請讓我重新整理一下。」

最快的偵探是不會停滯不前的。

「先把厄介先生受到這麼美好……抱歉口誤，是受到如此重大的傷害擱到一邊，這次要我調查的，是那個國中女生自殺的原因嗎？」

「是……是的，沒錯。」

「國中女生留下的遺書內容，對委託人來說是非常不利的內容，所以想確認真偽，是這麼回事吧？」

「……是的，你說的沒錯。」

沒錯是沒錯，但是被她這麼一說，好像是我和紺藤先生密謀，要隱瞞國中女生留下那封內容對他不利的遺書，讓我反倒覺得有些心虛。

實際上，會被這麼解讀也是莫可奈何的事——既然都有本人親筆寫的遺書了，還要在其上尋求什麼——竟然還想尋求其他的「真相」，被視為逃避責任、可恥的行為也不奇怪。

「責任……嗎？」

今日子小姐露出意味深長的微笑。

意味深長，而且思慮縝密。

「就算那個女孩子是因為受到漫畫的影響跑去跳樓，我也不認為漫畫家有責任呢。」

「咦？」

「不好意思，這是我個人的想法。我是偵探嘛，所以只是以法律為出發點思考。假如真有讀者受到漫畫的影響而自殺，要問罪於作者的話，罪狀應該是教唆自殺吧，但恐怕根本不可能起訴。」

「……」

今日子小姐說這是她的「想法」……可是我覺得這種堅定穩固的想法，說是「意見」也不為過。至少和我心裡的「感想」是不一樣的。

她這麼說，對紺藤先生而言或許是救贖，但是對我來說，還是無法切割得這麼壁壘分明。

即使沒有法律責任，然而扯到道義上的責任，又是另當別論了。甚至只是今日子小姐剛剛舉的這個例子，用法律去切割究責的行為本身，就可能會招致情緒性的反彈。

「啊哈哈。真要這麼說的話，『道義上的責任』這個詞也很詭異呢——唉，說不定今時今日早就已經有這種法律，只不過是我『忘記』罷了。焚書和禁書，在歷史上也不算少見。」

無論如何，要解決創作自由規範的問題，只有今天的忘卻偵探顯然是應付不來的。

今日子小姐聳聳肩，把被岔開的話題拉回來。

「我能解決的，也就只有這次的案子而已。」

當然，這樣就夠了——在這裡討論「箝制創作自由的法律」或「打壓創作自由的風氣」並沒有意義。

不過，關於創作自由的問題，大概到了今天下午，今日子小姐就會和本案最關鍵的當事人阜本老師討論到這一點吧……

到時，希望今日子小姐不要說出太尖銳的話——我現在就已經好擔心。

今日子小姐的外表雖然一如所見般穩重，但或許是由於她那種「反正到了明天就會忘記」的心態，今日子小姐在交談或辯論的時候，有時會完全不知輕重。

我一點也不覺得她用這種態度去面對已經鑽牛角尖到想要退出江湖的阜本老師會是理想的狀況……

對自責的人說「你根本不用負責」這般全面否定他心情的建議，可能會讓對方更緊閉心門，認為「你根本不懂我」。

事情到時不知會怎麼發展。

「我希望你能先答應我，我這次要執行的任務終究是調查，就算結果不如委託人紺藤先生的意，我也不會歪曲報告的內容。唯獨這點，請你務必要理解。」

「啊，好的。這點我當然能夠理解。我也沒有要拜託你捏造調查結果的意思。」

也有偵探揚言這是業務的一部分（人稱其為「捏造偵探」），但我很清楚今日子小姐絕不是這樣的偵探——更何況，紺藤先生必定是比任何人都不樂見如此卑劣的行為。

站在編輯部、出版社的立場上，要怎麼應對是另一回事，萬一促使國中女生自殺的原因真的跟過去曾發行的作品有關，他也不會逃避這個事實——那個人就是這種人。

因此——應該要正視的是他感覺到的不協調感。

感覺不太對勁——一切都太對勁了。

總覺得有些刻意——

再度回想紺藤先生說過的話，我仍然不懂他的言下之意，或許他想委託今日子小姐調查的不只是事件的真相，也想透過她的調查，同時查出自己感受到的不協調感究竟是什麼。

「啊，如果是那樣，我心裡已經有底呢！」

冷不防，今日子小姐輕描淡寫地說出這句話。

「是喔，這樣啊，已經有底了啊……啊啊？你說什麼？」

因為她說得太過於自然，我險些左耳進右耳出。

她剛才說了什麼？

「你、你說你心裡已經有底……是什麼意思？」

「就是我心裡已經有底的意思啊。我在預習的時候，就已經想通紺藤先生說的話了。是呀，關於這一點，我也大表贊同……整件事情充滿了不協調感。能察覺到這一點，真不愧是專業的編輯，感性很豐富呢。」

「……」

要這麼說的話，專業偵探的感性也很豐富——看來今日子小姐在見到本人以前，就已經掌握住紺藤先生感受到的不協調感是什麼了。

如此一來不是光靠預習就能下課了嗎——最快的偵探也把看家本領發揮得太淋漓盡致了。

「那、那種不協調感，難道是可以用言語明確地形容的嗎？不僅僅是憑感覺的……」

「因為是不對勁的感覺，所以是感覺上的問題，但還是可以用言語明確地形容喔！我想應該可以有條有理地說明到某種程度。」

連紺藤先生都無法用言語明確形容的「不對勁」，她卻可以有條有理地說明嗎──這點實在太令人難以置信了。

「嗯……該怎麼說呢。我並不清楚紺藤先生的為人，但我猜他其實心裡有數呢。據我的猜測，他應該不是『無法用言語形容』，而是『難以用言語形容』吧。」

「是嗎……？」

我不是很明白『無法用言語形容』與『難以用言語形容』之間的細微差異……倘若紺藤先生已經察覺到那股不協調感是什麼，應該不會委託今日子小姐才對吧？

……附帶一提，今日子小姐說她並不清楚紺藤先生的為人，但他們其實已經見過好幾次面了。

只是她忘掉了而已。

「請告訴我好嗎？那股不協調感究竟是什麼。」

「我要是現在回答你這個問題，等於是要逼我上午和下午各說明一次同樣的推理，所以請讓我留到下午再來一次說清楚吧。」

今日子小姐嫣然一笑，斬釘截鐵地拒絕了我的要求。

對於重視速度的偵探而言，要浪費時間說明兩次同樣的推理，似乎令她難以忍受到要用「逼」這種字眼來形容。

下午見到紺藤先生和阜本老師的時候再一次說清楚。這固然是很合理的作法，那麼把時間浪費在把玩我的石膏又是怎麼一回事……

「機會難得，厄介先生也試著推理一下如何？因為光靠厄介先生手邊的資訊，就已經可以建立起某種程度的推測了。」

「好、好的……我努力看看。」

我不認為努力就能有什麼結果，但是她都這麼說了，我也只好接受。

「只不過，光是掌握到不對勁的感覺是什麼，身為偵探，實在不算有做到事。因此，既然已經整理好委託內容，差不多該採取行動了，厄介先生。」

「咦？採取什麼行動……」

「因為我是行動派，不是安樂椅神探……我們可以邊走邊說嗎？」

要是安樂椅神探，現在動不了的我才是演偵探的吧……

話說回來，我很清楚今日子小姐是行動派的偵探。不僅如此，她還是一個靜不下來的人，一旦移開目光，就不曉得她會跑到哪裡去。

對腳骨折的人說「我們可以邊走邊說嗎？」實在是很殘酷的發言，但這時我想就不要太計較了——只是，如果要動身前往作創社，時間是不是太早了一點？

和紺藤先生約好的時間是下午一點——現在還沒十一點。從醫院到作創社，再怎麼拖拉也用不著三十分鐘吧——就算要在路上共進午餐，這個時間出發也還是太早了。

既然如此，與其在路上邊走邊說，不如坐在這個病房裡釐清一些細節比較好不是嗎。再怎麼追求速度，要是無謂超速造成欲速則不達，可就毫無意義了。

今日子小姐應該比誰都了解這點。

「不不，不是要直接前往作創社哪。我想先去現場蒐證。就是厄介先生幸運……喔不，是不幸骨折的地方。也就是那個國中女生——逆瀨坂雅歌小妹妹跳樓的住商混合大樓。」

「……！」

能掌握未曾對外公開的未成年國中女生姓名，與其說是預習有成，應當是她身為偵探的調查能力使然——然而，我完全沒想過要去現場蒐證。

雖說是未遂，畢竟有個小孩試圖自殺，因此說重大仍是很重大的案件，可是也沒有所謂推理小說中的事件性，一般說來並沒有現場蒐證的必要——只是，今日子小姐似乎不這麼認為。

我不曉得有沒有必要，但是捨不得把時間浪費在說明兩次相同推理上的今日子小姐既然說要去，想必有她的道理吧。

如果她要我帶路，我沒理由拒絕。

「可是今日子小姐，去作創社以前，那個……如果還要繞去國中女生跳樓的地點，時間會很緊迫喔。因為方向剛好相反……」

「哎呀，這種小事。」

今日子小姐不以為意地說。

「不要吃午飯不就好了嗎？」

第三章

帶路的隱館厄介

1

如果要徹底地節省時間，在移動時最適當的交通手段應該是計程車吧。可是忘卻偵探今日子小姐，基本上不太喜歡在進行調查的時候搭乘計程車——因為車裡有錄音、錄影的行車記錄器。

對以嚴格遵守保密義務，到了隔天就會把一切忘得乾乾淨淨為行動宗旨的今日子小姐而言，想盡可能避免工作中的動線被鉅細靡遺地記錄下來，也是無可厚非——不過要連行車記錄器都避開，似乎也有點神經過敏，然而畢竟今日子小姐是以「忘卻」為賣點，就連筆記也不太抄的偵探，會有這樣的顧慮，或許只是理所當然。

雖說如果能的話，真希望她也稍微考慮一下要求骨折傷患帶路這件事，但是如此這般，我們還是選擇搭電車去案發現場。

因為之前也有提到，我的狀況其實已經可以出院了，所以主治醫師輕易地批准我外出。但傷腦筋的是，沒有適合我身高的拐杖——不，有是有，卻是舊型的拐杖，只是我連右手都骨折了，實在很難駕馭。

不過，倒也不是不能用，那麼只好將就一下了……正當我要放棄掙扎的時候，今日子小姐走到下床的我右手邊這麼說。

「別擔心，要是你以為我是對帶路嚮導毫不貼心的偵探就錯了。」

她似乎打算用自己的身體來代替拐杖。

「哇！嗚哇……」

「別客氣，儘管把體重全部放在我身上。別看我這樣，我的身體還滿強壯的。」

這樣的確是可以很輕鬆地行走沒錯，但我何德何能讓今日子小姐為我做到這個地步……原想嚴詞婉拒，可是在發現今日子小姐一面支撐著我的體重，一面不著痕跡地偷摸我右腳和右手的石膏時，便打消了這個念頭。

我甚至多疑地猜測她之所以決定要搭電車移動，其實只是為了充分把玩我打上石膏部位的藉口，但現在可不是追問這件事的時候。

正確說來，我也不想知道那麼多。

「那麼，就請你帶路了。」

「好的……從這裡到現場搭電車只有三站，但是要到車站就只能這樣直接用走的過去。」

「求之不得。」

求之不得……

由於如此兩人相倚會得步步緊挨著身體，走在路上挺引人注目，我總覺得很害羞，但今日子小姐似乎絲毫不以為意的模樣。

這點該說她是太沒有戒心嗎……一般人看到我打著石膏，大概只會覺得今日子小姐非常體貼入微地照顧我吧……算了，至少不會看穿這名女性迷戀骨折的意圖，這樣也好。

「說到帶路——被國中女生寫在遺書裡寫著那篇阜本老師的短篇作品，標題就是這個呢。」

「咦？是這樣的嗎？」

如同今日子小姐剛才所言，我們邊走邊說。

和她的距離實在太近——根本是緊貼著沒有距離，這令我臉紅心跳，完全沒信心自己是否能好好説話。

如果我記得沒錯，皐本老師的短篇應該不是這個標題。

可是，只要是在記憶重置前的一天以內，忘卻偵探的記性乃是正確無比，是我這種人完全比不上的。

如果這是她「預習」的成果，應該不會錯……而她之所以又回到用「國中女生」來代稱跳樓自殺少女的名字，大概是因為我們已經離開病房，走到外面來了。

可能會被別人聽到——這份用心是對的。

很難説沒有媒體記者跟著我這個案件當事人——就算沒有狗仔跟著，我那動不動就被捲入事件的冤罪體質，也傳聞早就被公安盯上了。

……倘若傳聞是真的，不曉得看在他們眼裡，與滿頭白髮的女性相依偎走出病房的我是什麼德性。

「可是我記得……紺藤先生告訴我那篇短篇漫畫是叫做什麼切切，還是羅涅之類的……」

「那也沒錯呀。『Cicerone（奇切羅涅）』是義大利文，意思是『帶路的人』——作品中用來指死亡之旅的導遊。」

原來是這個意思啊。

我原本不曉得那是什麼意思——還以為說不定是作者自己創造出來的語彙——原來標題的含意這麼具體。

紺藤先生說那篇漫畫裡頭有過度美化自殺的描寫——今日子小姐在「預習」時，也已經看過那短篇了嗎。

我問。

「是的，我已經看完一輪皐本老師的作品了。因為量也沒那麼多。」

今日子小姐答道。

一如往常，她看書的速度還是快得非比尋常……照紺藤先生所說，皐本老師的資歷應該不算短，所以我想數量依舊不會太少。

「……有什麼感想？」

「什麼？」

「啊，沒有，我是說，實際看了那篇作品之後……呃，那是什麼樣的作品呢？」

因為想要避免明刀明槍的說法，所以問起來主旨很曖昧。我原本想問的是那本漫畫的內容——會不會讓人看完以後想要自殺，可是又覺得這樣問太沒格調，所以不敢說太多。

只是，對身為偵探的今日子小姐而言，根本也不需要多說——只見她稍微沉思了半晌。

「這個嘛……關於〈死亡帶路人（Cicerone）〉的事情，同樣也留到下午再談吧——讓厄介先生在未讀狀況下先聽到我的感想，產生不必要的成見也不太好。」

「是、是喔。」

我並不打算看那個短篇……只是身為相關人士，不看這部作品就想為這件事畫下句點，或許是不夠有誠意。

去作創社的時候，是否該跟紺藤先生借來看呢……我的閱讀速度雖然遠不及今日子小姐，但既然是短篇作品，應該連五分鐘都用不到。

正以為這個話題會在此告一段落，今日子小姐卻接著說。

「舉個例子，你知道夢野久作老師的《腦髓地獄》（譯註：夢野久作是日本昭和時代的推理小說作家，長篇推理小說《腦髓地獄》是他的代表作）當年發表時的宣傳文案是『看了就會發狂』吧！」

不會是——要跟我閒聊吧。

在一分一秒都捨不得浪費的行動之中，她應該不會有「與人暢談推理小說」這種賣弄學問的閒情逸致。

我也看過《腦髓地獄》，但是不曉得還有這個文案。

「……可是，實際上並沒有讀者真的發狂吧？」

「沒有。至少官方沒有發表過這樣的事。」

這方面今日子小姐的記性算是靠得住的——因為像《腦髓地獄》這麼久以前出版的書籍逸事，應該是在今日子小姐無法累積記憶以前的知識。

「我也沒發狂呀。」

今日子小姐邊說邊玩弄著我身上的石膏，而這行為讓她的這句話著實欠缺說服力……至於我本人，也有起碼的自覺沒因為看了這本書而發狂。

「只不過，看了那麼偉大的名著，要是人生沒有受到任何影響，不得不說是感受性出了點問題。」

今日子小姐斷言。

用上「不得不說是」這麼強烈的字眼，總覺得似乎加了一點身為書迷的情感。

說實話，《腦髓地獄》那本書對我而言太難了，有很多我看不太懂的部分……現在再看一遍的話，感想又會不一樣吧。

走到車站，於是我們去買車票。

基於跟不搭乘計程車相同的理由，今日子小姐工作時也不用儲值卡——因為會留下記錄。

即便因此要多花一點時間，但是這麼點時間，還在最快的偵探能夠馬上彌補回來的誤差範圍內吧。

很幸運地，電車彷彿配合我們抵達月台的時刻剛好進站——我真心希望不要因為去現場蒐證，結果耽誤到跟紺藤先生約好的時間。

「請坐。」

今日子小姐終於放開了我——好不容易重獲自由，我卻因此感到遺憾，也真是太任性了。

不過，拖著有兩處骨折的身體移動，比想像中還要消耗體力，所以能坐下真是謝天謝地。要當巨人的拐杖，今日子小姐肯定也不輕鬆吧，只見她在我身邊坐下，伸了個懶腰。

「呼……」

然後閉上了眼睛。

「啊……呃，請不要睡著喔！」

我也不忍心對因為撐著我才累得要死的她說出這種話，但是眼下只能狠下心來——要是讓她在這裡睡著的話，事情就不好了。

記憶每天都會重置的忘卻偵探。

到了第二天早上，就會把昨天以前的體驗全部忘光光的特殊體質——說得再精確一點，其實是「一覺醒來」記憶就會重置的意思，即使是打盹或午睡，結果都是一樣的。

如今在電車的搖晃下，萬一不小心睡著，就算只有一瞬間，不管是我的委託、對這件事的預習內容——還有在預習時便已經領悟到紺藤先生心裡那股不對勁的感覺究竟從何而來的覺察，都會全部忘得一乾二淨。

這是身為忘卻偵探最不該發生的情況，卻也是最有可能發生，必須提高警覺的情況……

「沒問題，我昨晚已經睡飽了。」

今日子小姐嘴上雖是這麼說，但仍舊從椅子上站起身來——或許還是擔心坐著會睡著也說不定。

話說回來，由於她不可能記得自己何時就寢，所以今日子小姐昨晚到底是不是真的「睡飽了」也很難說……睡眠時間充足與否，感受畢竟是因人而異，有人睡足了十個小時還是很睏，也有人只要瞇上一個小時就能睡意全消——她昨天接到的委託也可能是拖到半夜才解決。

無法順利調整何時睡、何時醒，是忘卻偵探的致命傷……畢竟，睡意這種東西是無法控制的。

「如果要寫賞善罰惡的故事，必然會在善之外描寫到惡吧。如果要描寫強烈的善，就必須也強烈地去描寫不相上下的惡。很難保證讀者能完全不受到這個部分的影響。」

一度中斷的話題突然又捲土重來，令我一下子反應不過來。

不過，只要聊天就不會睡著吧……

「你的意思是說，所謂的好書……例如優良讀物之類的書，也不見得只會帶給讀者好的影響對吧？」

於是我附和。

「是的。甚至可以假定完全不描繪惡的故事，反而會帶來不好的影響。看了一堆寫給兒童看的甜蜜愛情小說名著，以為男孩子個個都是溫柔又帥氣、具有紳士風度又體貼女性的王子——抱著這樣的印象進入社交圈，可是會吃大虧的不是嗎？可能會被夢想與現實的落差給生吞活剝喔！」

以假設來說，這說法帶有奇妙的真實感，讓人覺得十分寫實。倘若這是今日子小姐成為忘卻偵探以前——十幾歲時的插曲，那我可真是聽到彌足珍貴的故事了。

她被生吞活剝過嗎……

「這部分也可說是育兒……或說是教育的難處吧。孩子往往不會按照大人的期望長大。」

「啊……嗯……也是呢。」

她雖然舉了優良讀物當例子，但是像我在念小學的時候，根本不會去看父母或老師推薦給我的書。

要說的話，反而還比較愛看會令大人皺眉的漫畫或卡通——而閱讀推理小說時，還會被挖苦嫌棄「你怎麼看這種殺人的書」（現在回想起來，那或許正是孕育我冤罪體質的溫床），我卻覺得很不可思議，大人為什麼要排斥這麼有趣的故事。

明明每個人都曾經是個孩子，為何會不懂孩子的心理呢？當時的我百思不得其解。

「啊哈哈。正因為每個人都曾經是孩子，才會不懂吧。」

「咦？今日子小姐，這句話是什麼意思？」

「哎呀，因為每個人小時候，大多都不會太正經呀。說『單純』只是講起來比較好聽，正因為每個人都曾經歷過愚蠢又思慮不周的小時候，才會認為必須限制不好的書問世啊？」

「……」

說得這麼直接也太露骨，雖然她笑容可掬、語氣爽朗，但其實是非常辛辣的指責……可是想起自己小時候，的確也不能說她錯。

誰都不能說她錯吧。

「人生是從模仿父母開始的，所以父母或許不希望孩子跟自己在同樣的地方跌倒——但要不由分說地否定這種心情，其實也挺不講理的。」

「不、不講理嗎？」

真是出人意表的發言。

從截至目前的談話聽來，我還以為今日子小姐會反對把虛構的故事當壞人看的論調——看樣子她看事情沒有這麼片面。

「先不論阜本老師的作品內容如何，總括而言，我認為可能會誘導讀者自殺的書籍是『存在』的——藉由高明的創作技巧，將自殺或殉情描寫成『高尚』、『淒美』的行為以動搖讀者價值觀的故事，乃是做為不可動搖的事實確實存在世上的。」

彷彿像是為了印證我的猜測，今日子小姐說道。

「創作者本人受到小說的內容影響，自己選擇走上絕路的案例，放眼世界也所在多有。在這方面，文學的影響力是不容忽視的。可是，如果真要踩著這一點追究作者的責任，就必須要能證明『至少有百分之五以上的讀者看了作品後自殺』之類，具備顯著差異的統計資料才行。」

讀者的數量愈多，其中存在著會做出反社會行為之人的機率當然也隨之升高——假設在某個罪犯的書架上發現了一本犯罪小說，到底是那本書促使那個人犯罪，還是那本小說太有魅力，使得反社會人格的罪犯都無法抗拒呢——想要確切掌握真相其實很不容易。

雖然我想今日子小姐指的並不是這種假設性問題，而是更實際的數據。

「的確，不見得所有看過足球漫畫的人都會變成足球選手……」

「是呀。就像不是所有人看過風花雪月的少女漫畫，都能談一場浪漫的戀愛。」

她對少女漫畫描寫的愛情好像很有意見哪……今日子小姐的少女時代究竟是怎麼度過的？

「當然。」

今日子小姐接著說。

「也不是任何人看了推理小說，都能成為名偵探。」

有道理。

這是比起看了推理小說而成為兇手——還要更難以達到的結果吧。

2

因應今日子小姐臨時提出的要求——為了善用空檔時間，決定進行現場蒐證——既然如此，雖然完全是個人私事，但有件事情我想趁這個機會順便處理一下。

不，用「順便處理」這種說法可能有點不太恰當，因為這實在不是我的本意——這本來不應該是順便解決的事。

縱使我不是最快的偵探，那也是只要有機會就必須盡快使其塵埃落定的優先事項。

我的離職手續。

其實國中女生從大樓樓頂往下跳的那棟七層樓住商混合大樓，就是我上班的地方——位於一樓店面的二手書店「真相堂」。

那是一家很傳統，專門買賣推理小說的二手書店。

面積約四坪的店內，琳瑯滿目地擺滿了二手書，店裡全由老闆一個人打理，亦即所謂個人經營的二手書店。期間雖短，但我曾經在這裡工作過。

就在我下班，離開書店回家的時候，國中女生從天而降。

一找到工作，就會因為職場上的糾紛而蒙受不白之冤，每次都要偵探來為我洗刷冤屈，但結果還是待不下去，甚至被炒魷魚——這種莫名其妙的惡性循環一天到晚發生在我身上，使得我事實上可謂沒什麼選擇職業的自由——但「真相堂」卻是我非常積極、主動選擇而得的工作。

紺藤先生或許會說這是「腳踏兩條船」，但對我而言，重點則在於這家店是「專門買賣推理小說的二手書店」。

做為備忘錄，最近正在把自己體驗到的不可思議、難以理解的糾紛寫成文章的我，內心是亟欲提升自己對懸疑推理的造詣。時下蔚為話題的暢銷作品當然要看，但也想看更多現在不容易弄到手的推理小說。

也就是我打算找一份兼顧興趣與實質利益的工作，而非常神奇的是，這個原本像是紙上談兵的妄想還真的實現了。

不只是二手書店，經手書籍的職場多多少少都需要肉體勞動（紙張很重），所以在應徵這份工作的時候，像我這麼龐大的身軀可能發揮了優勢——不需要梯子，就能輕易伸手搆到書櫃靠近天花板處的身高，想必是老闆求之不得好幫手吧。

與其說是我的熱情感動了老闆，如此解釋應該比較接近現實——可是若真的是這樣，手腳都骨折的我在這家店裡，等於已經派不上用場了。

當然，僱佣契約一旦成立，只要我死纏爛打，不管是骨折也好，還是媒體對我投以懷疑的眼光也罷，老闆都不能解僱我，但我不打算這麼做——我不想給如願進入的職場帶來困擾。

光是差點死在店門口，就已經給店裡帶來太多的麻煩了，即使在無憑無據的懷疑目光全部朝向我來的風頭浪尖上，老闆也從未接受過媒體的採訪——我想以誠意回應他這樣的態度。

因此，當我們抵達位於距離醫院三站遠的住商混合大樓時，我和今日子小姐便約好分頭行動。

今日子小姐先上樓頂，而我則繞去二手書店「真相堂」。

「你一個人可以走嗎？」

今日子小姐擔心我。但是要在今日子小姐攙扶下到店裡說我要辭職，也不太妥當吧——即使「專門買賣推理小說的二手書店」這個關鍵字，似乎讓今日子小姐很感興趣。

「那麼，待會兒在樓頂集合。」

今日子小姐走進大樓——這是棟沒有電梯的老舊大樓，要爬到樓頂很耗費體力吧。不過，今日子小姐既然有體力一路支撐我的身體，七層樓的樓梯對她來說應該只是小菜一碟。

方才把話說得冠冕堂皇，但心中其實也有一部分只想趕快辦完煩心事。我獨自繞到大樓的另一側，走向二手書店「真相堂」。

本來因為才剛發生過那樣的事，心想搞不好老闆沒開門做生意，看樣子是照常營業。也是，如果是事發當天，警方或許會在案發現場的人行道拉起封鎖線，不過這裡畢竟是人來人往的大馬路，不可能一直禁止通行。

這麼一來，正往樓頂去的今日子小姐應該也能暢行無阻吧。我邊想邊推開手動拉門，走進「真相堂」的店內。

果然還是照常營業，老闆就跟我還在這裡上班的時候一樣，在櫃台收銀機前板著一張臉，翻著應該是商品的二手書。

我默默辦完離職手續——雖說錯不在我，但實際上也的確給店裡帶來了困擾，我早已做好心理準備要接受對方的抱怨，可是這預料卻落空了。

另一方面，我心裡也有淡淡的期待——說不定他會慰留我——但是這個期待同樣也落空了。

這也難怪，畢竟我也沒做多久——我提到改天還會再拿圍裙和傘來還，老闆說那些就當是臨別贈禮送我。拿這些做為遣散費似乎也過於隨意，不過也罷，至少可以留作紀念。

留下一句下次再以客人的身分來光顧，我不多做停留，拖著骨折的腳走出店外。

聽老闆說，雖然店名沒有曝光，但是乘著報導的勢頭，營業額也曾經一度提升，這讓我覺得稍微好過一點。

搞不好這只是難以取悅的老闆善意的謊言——或該說是彆腳的謊言。

「因為我們家是專門做推理小說的二手書店……發生那樣的事，反而值得慶幸哪！」

原來也能這麼想。

這話固然有失慎重，但如此不屈不撓的商人精神也很令人佩服——我打從心底希望老闆從今往後，也能繼續這樣守護著名為推理小說的文化。

3

總之，又圓滿恢復待業之身的我拖著骨折的右腳，千辛萬苦地爬樓梯來到樓頂時，驚見今日子小姐正在跨過欄杆——而且因為她是穿著裙子在跨欄杆，再也沒有比這個更沒家教的行為了。

太危險了。

「今……今……！」

我下意識地想叫住她，卻又急忙掩住自己的嘴——在這種情況下出聲，要是把她嚇到，恐怕真的會掉下去。

儘管受到驚嚇的是我。

我多想不管三七二十一地衝上前去，用盡全身的力氣，不由分說地從背後抱起今日子小姐，將她拖回欄杆的內側。但是我有一條腿骨折，無法衝上前去，還有一隻手骨折，也無法抱住她。

再加上剛剛才辭掉工作，湧上的只是強烈的無力感——這時，今日子小姐已經跨過欄杆，轉身面向我這邊。

「啊，厄介先生，辛苦你了。」

還一派悠閒地招呼我。

我不需要招呼，我需要解釋。

「事情辦好了嗎？順利辭職了嗎？」

「嗯，辦好了，非常順利……」

好奇怪的對話。

辭職哪有什麼順不順利的……嗯，算是有吧。

工作並不是想辭職就能辭職的——藉由親身經歷，我很清楚這一點。要說的話，這次還算是圓滿離職。

雖然遍體鱗傷，但至少沒和雇主起爭執。

我解釋完這些，就又像是刑警正在說服隨時都要縱身往樓下跳的自殺者似的，戰戰兢兢地向她問道。

「那麼，今日子小姐，你又在做什麼呢？」

今日子小姐滿不在乎地站在欄杆的外側，可是她腳下的空間，幾乎只有她的腳掌那麼寬。

要是稍微失去平衡——就算平衡感絕佳，只要颳起一陣強風，可能就會掉下去了。

這麼一來，會被當成是追隨那個國中女生而去吧。剛好又出現在現場的我，這次可能真的會被冠上令檢調單位正式出動的嫌疑。

正當我滿腦子都是「被當成殺死名偵探的兇手」這種恐怕是最糟糕的

未來預測之時，今日子小姐卻絲毫不管我的憂心，突然冒出了一句離題十萬八千里的話。

「追隨而去嗎……那也會被說成是受到故事性的影響吧。」

好像也不是太離題？

「可是這麼說來，或許人類這種生物，不管有沒有什麼理由，都會想尋死呢。」

「想……想尋死？」

「該說是自殺欲望嗎？無論是大人還是小孩子，任何人都有『想死』的欲望吧。」

「……」

我實在無法附和她的說法，但是在心理學上的確有「死亡本能」這個名詞——原本是指破壞自己的本能，也可以翻譯成自殺欲望。

厭世心態。

人本脆弱，不曉得會因為什麼契機而命喪九泉——當然，這股衝動有時也會壓抑不住，表現出來。

若是如此，對於自稱動機是為了想被判死刑，進而犯下重大刑案的兇手內心潛藏的衝動，可能就無法只用一句「莫名其妙」來帶過——因為也不過是多到令人厭煩的「常有的事」。

只是冷靜下來一看，才發現今日子小姐只是跨過欄杆，並沒脫下靴子——光看這點就很清楚，她（雖說是想當然耳）並沒有要追隨把鞋子擺好再跳樓的國中女生而去。

換句話說，這個危險行為只是偵探活動的一環——不是要追隨而去，是要重現現場。藉由實際跟國中女生站在同一個地方，或許就能發現什麼也說不定——亦即今日子小姐慣常的「試過才知道」。

話雖如此，看起來還是很驚險——我雖然鬆了一口氣，但是為了不要刺激到今日子小姐，還是以緩慢的步伐（因為一隻腳骨折，就算沒有刻意放慢腳步，動作也會自然而然地變得緩慢）靠近她。

「我不在的時候，有什麼新的發現嗎？」

我問得籠統，只見今日子小姐用手扶著臉頰，發出「嗯……」的聲音，露出思索表情。這動作真的好可愛，但是可以的話，我希望她能把手一直扶在欄杆上。

「現階段還沒有什麼稱得上發現的發現……硬要說的話，只搞清楚一件事——逆瀨坂雅歌小妹妹是真的想死。」

「……什麼意思？」

或許是因為樓頂上沒有其他人，今日子小姐再度直接提及國中女生的名字——聽她加上「小妹妹」反而更覺得赤裸裸，讓我再次深刻地感受到，這是發生在現實生活中的事，不是小說或連續劇。

逆瀨坂雅歌。

十二歲的少女。

留下遺書，跳樓自殺的孩子。

這個名字，含有無法用「國中女生」這個類似記號的說法一言以蔽之的人格。

「沒什麼，只是站在這裡，就能體會到七層樓高的大樓還真高啊。從這裡摔下去，就算是頭上腳下，鐵定也會一命嗚呼。」

我覺得……這種事就算不用站在那裡也能體會得到……

「所以應該能排除為了發洩自殺欲望而自導自演的可能性。這說不定是很重要的訊息。」

「是嗎……」

我是不曉得有什麼重要的，總之先跟著點頭——要是問些不該問的，害今日子小姐不小心沒踩穩就糟了。

現在也不是討論問題的時機。

但這下子，我還真是像個在阻止別人自殺的刑警了。

「可是今日子小姐，雖然你說掉下去就沒命了，事實上她……逆瀨坂小妹妹不也撿回一條命嗎？」

「沒錯，不過那是因為厄介先生剛好走在她墜樓的落點上。」

「難道沒有她『打從一開始就打算找人當肉墊才跳樓』這種自導自演

的可能性嗎？以會得救為前提的自殺行為……」

「沒有吧！就算比柏油路柔軟，人體畢竟不是跳跳床。就算下方有人當肉墊，一命嗚呼的機率還是比較高。實際上，逆瀨坂小妹妹目前也仍是處在稱不上『得救』的危急狀態吧？」

說的沒錯。推理小說看太多的壞習慣，不小心就開始賣弄起理論來——是呀，我和她能撿回一命，真的都只說是奇蹟。

一想到我的身高如果再矮一點——不，如果我不是這麼高頭大馬，可能就沒有機會在二手書店「真相堂」工作。這樣的話，也不會在回家路上遇到這個災難。

如此一來，與其說是奇蹟，一切也或許都是機緣巧合。

機緣巧合，卻苦無結果。

「的確，是不能完全排除看準人高馬大，似乎具備肉墊機能的路人經過時才往下跳的可能性——但從這裡，只能看到下面行人的頭頂呢。」

今日子小姐靈巧運用她腳下那狹小的空間來個一百八十度轉身，重新往馬路上看。

「加上七層樓的高度，根本無法看出路人的身高——更何況，厄介先生是很高沒錯，但沒有什麼肉呢。」

要拿來當肉墊，厄介先生並不是最好的選擇——今日子小姐反手抓住欄杆，試圖從樓頂再把身體探出去一點。我很欣慰她終於肯抓住欄杆，但又不是做體操表演，真希望她不要把身體前傾到四十五度那麼大的角度。

「如果是我的話，我會選比較有肉的人來當肉墊吧！儘管如此，還是很有可能無法得救，兩個人都死翹翹就是了。」

「喔……」

雖說是我先丟出假設才引發的話題，但她想到的可能性也太可怕了……不過嘗試從各方面去思考，應該也是身為偵探的業務。

「話說回來，十二歲的逆瀨坂雅歌小妹妹也有可能根本沒想這麼多，滿心以為只要有肉墊就能得救。或許只是抱著遊戲的心態往下跳，根本沒有考慮到肉墊會有什麼下場。」

這也太蠢了，蠢到根本不需要費唇舌討論——當然，也不能說絕對沒有這種可能。

這是看太多推理小說的人常會產生的誤解，現實的案件或實在的人物下手犯罪時，既不會想太深，也不會有什麼計畫性。

我所經歷過的無數案件，絕大部分都根本沒有寫成文字的價值，多得是「一時失手」的失敗體驗。

聽今日子小姐的口吻，似乎不怎麼把這個可能性放在心上——比較像是為求謹慎，順便提一下的感覺。

為什麼？

一開始說沒想到自導自演這個可能性的人明明是我，但是現階段，我也想不到否決這個可能性的要素。

相反地，我甚至覺得「看了歌頌自殺的漫畫，受到影響的小孩想玩『自殺遊戲』然後失敗了，而且還拖累路人（我）」這樣的故事固然愚蠢，但也不是完全沒有說服力。

「不，從這裡可以看得很清楚，這附近還有很多高度比較低的六層樓或五層樓的大樓。要是只想玩玩的話，應該會去跳那些大樓吧。」

是這樣嗎？

當然，並不是所有的大樓樓頂都能開放外人上樓的，但如果是自導自演的自殺，會選樓層比較低的大樓的確是人之常情——這也是另一個能夠佐證並非自導自演的強力根據。

若說這是跨過欄杆才能看到的視野，那麼今日子小姐的現場蒐證果然有其價值——可以的話，我希望她等我上來之後再跨過欄杆。

只是對於最重視速度的偵探來說，也許根本沒有「等人」的概念……

「好了，時間差不多，該去作創社了。」

今日子小姐收回四十五度角的姿勢，再度跨過欄杆，打算回到我這邊。

要是她一直那樣掛在大樓樓頂，就算沒有掉下去，可能也會被路上的行人發現，引起軒然大波，所以她總算願意收手真是謝天謝地——然而她要跨過欄杆的動作實在是特別不安定，令我看得心驚肉跳。

但要是隨便伸手去拉她的話，說不定反而會發生意外，所以我也只能眼睜睜看著。

那果然不是穿著裙子時該做的動作——於是，今日子小姐停下正要跨過欄杆的腳。

「厄介先生，可以請你稍微轉身背過去一下嗎？」

只見她扯了扯裙襬，將整個走樣的長裙恢復原狀。

「不、不好意思。」

「沒事沒事。」

也不能只是眼睜睜地看著。

趁著今日子小姐面露的還是笑容，我連忙轉過身去——但是因為我實在行動不便又過於慌張，使得轉身的速度慢了一秒。

所以——我不小心看見了。

不是看見內褲。

而是在今日子小姐跨在欄杆上的右腳大腿內側——剛好是我打上石膏的

部位——有一行用簽字筆寫的文字，一閃即逝地映入我眼簾。

那是今日子小姐的筆跡，而且這麼寫著——

「如果不是自殺的話？」

4

對於身為忘卻偵探，近乎神經質地避免留下記錄或痕跡的今日子小姐而言，唯一例外的備忘錄，就是她自己的肉體。

她用自己的身體當筆記本。

把最基本、不能忘的事情寫在這個筆記本上，藉此保持記憶的一致性——否則一不小心在電車上打個瞌睡，醒來的瞬間就會陷入不知今夕何夕、自己是何人的恐慌。

因此，今天在她身體的某個角落——大概是腹部，或是手臂——應該也寫著以下的文字。

「我是掟上今日子。偵探。每天的記憶都會重置。」

看到這句話，她就能知道自己是誰了。

這也可以說是一種自保的方法——為了對付試圖讓忘卻偵探睡著、忘記推理內容的壞人「攻擊」。

所以，不光是關於自己的基本資料，今日子小姐有時也會在身上寫下乍看毫無頭緒，卻是與案情有關的提示。

這次理應不存在試圖要讓今日子小姐睡著的敵對勢力，但是可能因為一直扶著我有點累了，在電車裡感到疲倦的同時，也產生「可能會在調查時失去記憶」的危機感吧……慎重起見，才會事先把現階段關於這個案子的見解寫在大腿上。

或許是在與我分頭行動的時候……像是在住商混合大樓裡爬樓梯上樓時，向遇到的人借了支簽字筆之類的。動作敏捷到視線一離開她身上，就不曉得她會做出什麼事——真不愧是最快的偵探。

我還擔心她會不會一不小心打瞌睡就忘記來時路上預習的一切，原來本人早就已經做好預防措施——真是太可靠了，讓我只能再度讚嘆真不愧是今日子小姐。只可惜，我完全看不懂那句話的意思。

「如果不是自殺的話？」

太片段了，不知所云。

當然，在此非得是不知所云才行——因為「事件簿」自不待言，親手留下受託內容的具體記錄，是身為忘卻偵探的大忌。

儘管還不到暗號的地步，也得把備忘錄控制在只能觸發靈感的關鍵字程度。

畢竟我不是今日子小姐，會看不懂這句話的意思，也是理所當然的——只不過，竟然會寫下「如果不是自殺的話？」這麼一句。

就算看不懂意思，也可以推測得出來。

這句話必定是針對跳樓自殺的國中女生，逆瀨坂小妹妹的描述——如果不是自殺的話？

如果不是自殺？那就是意外事故……不。

她把鞋子擺整齊，也留下遺書。

要認為是意外事故也太牽強了。

這時，應該也要把自導自演卻失敗的可能性——不是意外事故，而是廣義的自殺考慮進去——這麼一來，到底是怎麼一回事呢？

該不會，今日子小姐認為這個案子……

認為這個案子不是小孩子自殺，而是第三者殺人嗎？

殺人案——可是，少女的鞋子整整齊齊地擺在大樓樓頂上，遺書也是她親筆寫的……我背對今日子小姐，試圖用混亂至極的腦子整理出一個脈絡。

不對，把鞋子擺好這種事，其他人也做得到。可是親筆寫的遺書呢？我雖然不曉得內容，不過畢竟是本人寫的……嗯，慢著，如果是「讓」本人寫的呢？比如說用脅迫的手段，或是巧妙的騙術……對手是個小孩子，想來也並不是辦不到。

如果是這樣，「受到阜本老師的漫畫影響而跳樓」的故事，很可能只是一個幌子。

很刻意——而且太過完美。

紺藤先生是這麼說的。

這就是他感受到的不協調感嗎？

「讓你久等了。」

當我還身陷在思考的漩渦之中，今日子小姐已經平安跨過欄杆，從背後貼近我的身體——看來是想再度以身做為我的拐杖。

「接下來，還請你繼續帶路吧。」

「好……好的。」

問不出口。

老實說，我很想問她那行「如果不是自殺的話？」究竟是什麼意思，也應該問她萬一是殺人案，她是否已經有嫌犯是誰的頭緒，但是我問不出口——一旦問出口，就等於承認我剛才看到她的裙下風光了。

別說是不打自招，是一問就成招。

因此，除非今日子小姐主動說明，我實在無法刺探那行筆記的意圖。

只不過——唯一能確定的是。
比起我，最快偵探的思考早就已經遠走天邊。
即使像這樣並肩而行，兩人之間的距離——依舊是遙不可及。

第四章

靜聽的隱館厄介

1

「為了孩子們」這個冠冕堂皇的理由之所以比較容易為人接受，我想今日子小姐說的也是正確答案之一——只要想唱反調，隨時都可以講出像模像樣的意見，然而這種心態同時也是經歷過失敗的大人，嫉妒天真無邪的幼童所釋放的反作用力，並不能一概否定，但也不能一概肯定。

扯上所謂「創作自由」這種應有權利讓事情會變得複雜，所以假使只單純針對父母經常掛在嘴邊，像是「看太多漫畫成績會退步」這種典型意見來討論，也能顯見這話絕不是正確的，並沒有反映真實。

當然，光是只看漫畫，成績當然會退步，這點無庸置疑——但這並不是因為漫畫不好。就算不看漫畫，成績也不會進步，如果不更進一步——把看漫畫的時間拿來念書，成績一輩子都不會進步。

不管是打電動、還是做運動，都是同樣的道理——基本上，所有念書以外的行為，都是念書的絆腳石。

另一方面，一味念書，就不會玩耍——滿腦子只有成績，將無法培養溝通的能力，最後染指犯罪的菁英份子，可以說是不勝枚舉。

如同一味念書會變得很會念書，如果一味地看漫畫，大概也會變得「很懂漫畫」吧——於是乎，他們遲早會成為漫畫家。

2

雖然還輪不到我說三道四，身處問題核心的漫畫〈死亡帶路人〉作者阜本舜老師，是個跟印象中截然不同的人。

聽說他因為這次的事受到打擊，甚至還考慮要封筆，所以我擅自以為他是個敏感、纖細，可能還有點神經質的人，但是在作創社的會議室裡看到的他，卻是一位比我看起來還要幹練可靠百倍、體格壯碩的男人。

別說纖細，給人的第一印象整個就是豪邁。

由於見過里井老師，我先入為主地認定漫畫家是自由業，以為他們都對服裝不講究，但或許是要與我和今日子小姐這些素昧平生的人見面，皐本老師可是一身休閒中又不失正式的打扮——濃密的鬍子與其說是刻意蓄鬍，更給人修剪得很有品味的感覺。

「初次見面，我是漫畫家皐本舜。」

他這樣打招呼的聲音也很粗獷，外表看起來像是個相當強勢的人，而我也真的被他震懾住了。不過，如果可以從外表判斷一個人，那麼身高超過一百九十公分的我，給人的壓迫感應該更大吧。

「初次見面，我是忘卻偵探掟上今日子。」

不同於我，今日子小姐毫無懼色，巧笑倩兮地遞出名片，深深低下她滿頭白髮的頭——然後朝向站在皐本老師身邊的紺藤先生，也以同樣的方式自我介紹。

「初次見面，我是忘卻偵探掟上今日子。感謝您的委託。我會竭盡所能，請多多指教。」

以初次見面的寒暄而言可以拿滿分，但皐本老師也就算了，這已經是今日子小姐第四次見到紺藤先生了——想當然耳，紺藤先生對她的老毛病也見怪不怪，回以無懈可擊的問候。

「初次見面，我是總編輯紺藤文房。我才要請你多多指教。」

接著，所有人便圍著會議室中央的長桌坐下。

是為帶路嚮導也好，是為仲介角色也罷，仔細想想，當今日子小姐與紺藤先生見到面，我肩負的這兩種任務就都已經結束，其實沒有必要再列席這場會談。不僅如此，身為局外人，或許我這時候還應該要識相離開才對，可是我竟然（或該說是「我果然」嗎）不小心錯失了離席的時機。

即便不是公司內部的機密，也是相當複雜的問題，所以站在皐本老師的立場，應該會希望這個來路不明的巨人能夠識相地離開吧……雖然我覺得很過意不去，但是搞到全身兩處嚴重骨折的我，顯然已經捲入這次的事件，所以也不能說完全是局外人吧。

換個角度看，我也可以算是皐本老師那篇漫畫的間接受害者——這樣的話，我可得小心點，以免不小心觸及這方面的尷尬話題。

至於紺藤先生，他應該只是希望阜本老師能收回封筆宣言吧——希望我在這裡，不會造成他不必要的壓力——不過或許紺藤先生的想法正好相反，之所以允許我同席，就是為了要對阜本老師施加壓力。

他就是這麼有謀略的人。

否則不會這麼年輕就爬到總編輯的職位。

當然也可能是單純覺得讓今日子小姐攙扶我來公司這件事很有趣……正當我想著這些有的沒有的時候，紺藤先生的部下，也就是阜本老師的責編取村小姐端著茶進來——待她把茶杯放在每個人的面前，自己也就座之後，今日子小姐迅速切入正題。

「那麼關於紺藤先生的委託——我想先來說明一下，您感受到的不對勁究竟是什麼。」

果然是最快的偵探。

話雖如此，對於從上午就被這件事吊足胃口的我來說，不免感覺有些姍姍來遲，但選在此刻發表卻也的確是最佳時機。然而當我屏氣凝神，準備來洗耳恭聽名偵探突然揭開序幕的解決篇之時。

「請等一下。」

阜本老師卻阻止她——妨礙名偵探演說，在推理小說裡可是不容許發生的暴行，但他是最直接的當事者，想必不能忍受自己還沒進入狀況，話題就自顧自地進行下去吧。

不能忍受自己只是一個聽眾。

「我不曉得紺藤先生是怎麼說的……可是我不想再追究這件事了。」

「嗯？『不想再追究』是指？」

解謎篇雖然被打斷了，可是今日子小姐一副絲毫沒放在心上的樣子，還反問回去——看起來也有點像是在裝傻。

今日子小姐可能有她的考量，故意……說不定是想不著痕跡地，跳過與阜本老師之間或許會橫生枝節的應對。

「就是說……聽起來可能有些自暴自棄，但我想說的是，既然我都要封筆了，就不需要再麻煩到偵探小姐了。」

「阜本老師……這件事還……」

紺藤先生正想說點什麼來安撫漫畫家，但卻被阜本老師從中打斷。

「我知道這麼做很對不起紺藤先生和取村小姐，給你們添麻煩了。但是，我必須負起責任來才行。讀者看了我畫的漫畫跑去自殺，我實在無法淡然處之。實在沒辦法厚著臉皮，在今後的日子裡繼續畫漫畫下去。」

「……」

阜本老師把話宛如連珠砲般傾吐而出，他似乎不是一時的感情用事——倒是能感受到他強烈的決心——那也正是我最欠缺的東西，所以儘管我打從一開始就沒有發言權，卻也真的什麼都說不出口。

只是，為什麼呢？

嘴上是說必須負起責任，但是他的態度反而讓人覺得有些不負責任，連他提到不能再繼續畫漫畫時的口吻……想必是苦澀的決定沒錯，可是也有一點想藉此獲得解脫的感覺。

「我今天來到這裡，其實只是為了給照顧過我的編輯部一個面子……

請諒解，我已經對漫畫……」

「皇本老師。」

換今日子小姐打斷皇本老師說話——完全形成主導權的爭奪戰。

這一喊，讓皇本老師滿臉詫異，面向今日子小姐。

「我拜讀過最新一期的《好到不行》了，好好看喔！」

只見她以心無芥蒂的笑容說道。

「我覺得貫穿整部作品的主題真的非常棒。藉由少年漫畫這個媒體，去描寫對將來的絕望和醒悟實在很有挑戰性，而且我覺得這個挑戰也成功了。內容當然也很棒，不過作者的這種態度更是令我大受感動。即便是以小孩為目標讀者，但也是連大人都能看得很開心的奇幻作品。」

「那、那真是……謝謝你。」

沒想到會突然被評價起作品，而且還是讚不絕口，皇本老師雖然面露困惑，但還是不免害羞地低頭致意。

預習發揮作用了……

我不確定能否對今日子小姐的感想照單全收——里井老師的時候也是這樣，今日子小姐終究是個從事服務業的偵探，當然多少具備在人前要恭維個兩句的處世智慧。

明明記憶無法積累，倒是意外地老於世故……不過，在這扯漫天大謊也沒有意義吧。所以，她對作品的感想應該真的是相當正面。

結果因為先跑去現場蒐證，抵達作創社時，就已經很接近約定見面的時間，使得我完全沒有機會翻閱阜本老師作品，人就坐在這裡了。但看樣子紺藤先生對阜本老師的評價——很有才華，將來有望大紅大紫——似乎並不是過於誇大。

正因為如此，紺藤先生才會使出渾身解數——不惜僱用偵探——也希望他能收回封筆宣言吧。

「如果看不到那部漫畫的後續，我會非常遺憾的，孩子們一定也會很失望，大受打擊的讀者裡肯定又會有人跑去自殺吧！」

今日子小姐以讚美時的平靜口吻，輕描淡寫地說出驚世駭俗的話——隱含在「孩子們」這詞彙的濃烈惡意，令我悚然一驚。

但最為吃了一驚的，還是阜本老師。

「屆時你要怎麼負起責任來呢？」

「我、我是說……」

裝作若無其事而拋出的這個問題充滿了惡意，逼使阜本老師不得不向紺藤先生投以求助的目光。

他大概很想吶喊「這個人是怎樣」吧。

這個問題的答案無非是就「忘卻偵探」四個字——因為到了明天就都會忘記，所以這個人跟誰都能槓上。

「這個嘛，說肯定會怎樣倒是不至於啦。」

紺藤先生苦笑著打圓場。

對於已經不是第一次委託今日子小姐的紺藤先生而言，這點衝突或許還在他的預料範圍之內——說不定他還更期待這種肆無忌憚的氣氛。

要真是這樣，這個人比我想像的還要有肚量。

「只是，讀者的確不會悶不吭聲地接受阜本先生封筆吧！從我的角度來看，還是希望老師能想想自己的影響力。」

「我就是考慮過影響力才……」

阜本老師重新打起精神來說道。

「不怕你們見笑，我以前畫漫畫的時候從未想過這件事。我應該更早去思考這件事的。沒好好去想過是我的錯。我本身很喜歡漫畫，從小到大都在看漫畫，也就這樣成為漫畫家，可是對於漫畫帶給讀者的重大影響，卻毫無自覺──我真的應該好好反省。」

他說得這麼誠懇，讓人也很難反駁他──實際上，這也是進行創作時無法回避的一面。

「就算是打棒球，也有被觸身球砸到頭的風險呢。」

今日子小姐從旁插嘴。

這次則是完全無視阜本老師的「好好反省」。

「相信『健全的肉體能培養出健全的靈魂』於是去學柔道，仍可能會因為比賽發生的意外而喪命；補習到很晚才回家的話，走在夜路上被車子撞到的風險也會增加吧。會讓孩子們死亡的風險到處都是，有危險影響力的絕不僅限於漫畫。」

「……你是要我看開，不當一回事嗎？十二歲的小孩看了自己畫的漫畫，受到影響從大樓樓頂往下跳，你卻要我當作什麼事都沒發生過嗎？」

可能是真的怒火中燒，阜本老師氣勢驚人地猛然探出身子，隔著長桌逼問今日子小姐。換成是我，遭受這等壓力絕對會感到退縮，但是不用說，今日子小姐還是一臉雲淡風輕的模樣。

「我不是創作者，所以無法給這個問題正確的答案，但要是我站在阜本老師的立場，也絕不會當作什麼事都沒發生。」

她平靜地回答。

「我會銘記在心，然後將這個體驗運用在下次的作品裡。」

「……」

阜本老師呆若木雞，默默收起探出去的身子坐回原位——紺藤先生似乎也沒想到她會這麼說，同樣目瞪口呆。就算她是局外人也說得太過，連我也無法贊成她的謬論——然而話說回來，今日子小姐本人對這說法究竟有多少是認真的，我也沒能說個準。

感覺她只是故意提出一個極端的論調，以便硬生生地結束這場論戰——無論如何，至少忘卻偵探成功藉此控制住了場面。

「因此阜本老師，請先別說不想再追究這件事，還請你務必聽聽我的說法——好好聽我說，好好徹底了解一切。那麼，紺藤先生。」

掌握住主導權之後，今日子小姐面向紺藤先生說道。

「可以告訴我，那個女生留下的遺書具體內容嗎？」

3

這是爲了自殺的自殺
爲了我所愛的死而死

飛翔能讓人成爲天使
千萬不要難過
請祝福我的完成

將這死亡獻給我的死亡帶路人
皐本舜老師

4

警方讓紺藤先生看的遺書是影本，也禁止他再複製或拍照。

因此，以上文字是仰賴紺藤先生記憶寫出來的內容，當然也無法重現國中女生親筆寫下的筆跡——不過，紺藤先生既不是忘卻偵探，又身為幹練的編輯，他的記性應該是靠得住的。

順帶一提，聽說若是照客觀的審美標準來看，遺書的筆跡是歪七扭八，最後加上的插圖也相當稚拙。

最大的問題，在於她白紙黑字寫下了「死亡帶路人」和「皐本舜老師」這些字眼——不存在任何得以有不同解釋的空間。

「句子也幾乎都是引用自那篇漫畫哪……根本是原封不動地抄下了一開始的五行詩。」

今日子小姐語帶玄機，頷首說道。

「老實說，只看這個，完全無法揣測那名國中女生是個什麼樣的人物呢——感覺不到個性。」

紺藤先生暫且不論，或許是認為不該在皐本老師面前直接講出跳樓女生的名字，所以今日子小姐姑隱其名，陳述自己的感想——其實我覺得她這樣刻意不提到名字，又更加抹煞了少女的個性。

「那根本不重要吧……重要的是，有一個女孩模仿我的漫畫，想要成為天使這件事啊。」

皐本老師自虐地說。

可能尚未從今日子小姐給他的震撼中恢復過來吧——不過儘管他的聲音有氣無力，但似乎還是不改其主張。

「想要成為天使……嗎？」

「是的……偵探小姐剛才講的那些都很有道理。身為創作者當若是——但是我沒這麼偉大。我只是因為會畫圖、喜歡漫畫，才成為漫畫家——請不要對我的人格有那麼崇高的期待，我心中完全沒有那種崇高的志向。」

我只是做我想做的事，並沒有想那麼多——阜本老師繼續說道，對眼前今日子小姐意味深長的頷首，可說是一點反應也沒有。

不只是今日子小姐，他似乎也是在對紺藤先生和取村小姐說這些話。

「你們也知道，政府不時就會把漫畫視為眼中釘，每每想要插手管制的時候，不是都會有些大名鼎鼎的老師為了捍衛表現自由，站出來大聲疾呼嗎？像是創意會因為受到管制而萎縮、漫畫文化會衰退……之類的。但我可不認為每個漫畫家都有像他們那樣崇高的志向。至少我就只是個單純覺得看漫畫、畫漫畫很有趣，才當漫畫家的人。我可沒有在被人討厭、受人辱罵的情況下，還能堅持創作的毅力。我不認為自己是在搞啥文化這麼偉大的事，因為有趣才做的事，一旦感到不有趣，就應該收手……憑良心說，我也不認為管制是那麼糟的事情，在以前表現手法還比較自由的年代裡創作的老漫畫，也不見得就比現在的漫畫有趣。『沒有管制的時代比較好』這種言論，跟老頭子口中的『以前比較好』又有什麼兩樣？」

漫畫家本人都這麼說了，旁人也不好再說什麼。雖然我個人覺得現在的阜本老師，才是處於「萎縮」的狀態——但又覺得自己的這種反論，怎麼想都太膚淺了。

管制並不等於惡。

說當然也是當然。

舉例來說，我這一整個星期都被媒體當成兇手看待，要是在更早之前，被管制比較鬆的那個時代播放的八卦節目盯上的話，我受到的傷害絕對不止這樣吧——不誇張，說不定會被逼到自殺。

拿活人獻祭、未審先判、將被害者家屬的祖宗八代都挖出來的時代播出的新聞或許比較精采，但我可不認為那是媒體報導應有的正確態度。

不過會這麼想，也是因為我是冤罪體質，感受多少夾帶了些被害妄想，嚴格說來，新聞自由與創作自由或許不能用同一套理論來闡述……

只是關於創作者與記者的「志向」，應該有很多可以探討的共通點吧。

「受到嚴格的管制，從而孕育出新的表現手法，不也是一種真理嗎——法律與自由的攻防，其實也不過是一種原地踏步的遊戲。要是犯下把創作自由這項權利以為是權益的錯誤也有點……不過，會覺得現在的漫畫比以前的漫畫有趣，竊以為那是因為後攻比較佔優勢而已。」

今日子小姐只是輕輕聳了聳肩——這個人是沒有同理心嗎。

「請放心，讀者根本不指望創作者的人格。不管你是個什麼樣的人，不管你是基於什麼樣的動機創作，只要作品好看就行了。比起作品受到批判，人格受到批判根本是小事一樁。」

「……」

「好了，阜本老師是否要封筆，請你們稍後再自行討論——可以讓我先做正事嗎？」

皐本老師心不甘、情不願地點了點頭——嗯，這場面恰是「不管今日子小姐是個什麼樣的人，只要是個偵探就行了」的狀況。

倘若今日子小姐能從那封棘手的遺書裡解讀出其他的意思，皐本老師就沒有理由封筆了。

「紺藤先生，你是覺得那封遺書的內容不太對勁，所以才來委託敝事務所吧。可以容我說明那股不對勁的感覺是什麼了嗎？」

今日子小姐這次乖乖地請求許可。紺藤先生當然是點頭。

「麻煩你了。」

雖是重要的會議，但不管是今日子小姐還是紺藤先生，都不希望浪費太多時間。在這裡跟兩人交換意見之後，今日子小姐或許還得繼續調查。

期限為晚上十點。

還剩大約九個小時。

「從結論而言，留下遺書、跳樓自殺的那個國中女生……」

今日子小姐說到一半，想了一下。

「太長了，好拗口，接下來我會稍作省略。」

如同從「隱館先生」改稱我為「厄介先生」，她大概是想換成比較簡短、好念的說法。的確，就算要將姓名隱而不表，在時間有限的情況之下，一口一聲「留下遺書、跳樓自殺的那個國中女生」也太浪費時間了。

「遺少女——不對，遺言少女。」

今日子小姐創造出逆瀨坂雅歌的代名詞——還滿簡潔的。念起來也非常順口。

只是，由於起了個代稱，少女也確實被微妙地賦予了個性——但是代稱終究只是代稱，還是要小心，不要因此產生先入為主的成見。

當我還在思考這些時，今日子小姐開口。

「遺言少女跳樓的動機，與阜本老師的短篇漫畫作品〈死亡帶路人〉毫無關聯。」

她的語氣彷彿只是在純粹陳述事實——總是用網羅各種可能性再予以各

個擊破的方式進行推理，習慣在說明前後加上「我認為……」、「……可以這麼想」的今日子小姐很罕見地，完全沒有留下任何其他考察餘地的但書——非常斬釘截鐵地斷言。

「請……請你不要信口開河，掟上小姐。或許你是想安慰我……」

她那斷定的語氣反倒讓皐本老師焦躁，氣急敗壞地起身這麼說。頑強的態度甚至讓人感受到怒氣，像是在傳達他不想聽到那些口頭上的安慰。

的確，看過遺言少女的遺書內容之後，居然還做出這樣的推理，未免太破天荒了。

「有什麼根據嗎？」

紺藤先生安撫著皐本老師坐下，一邊這麼問今日子小姐——對紺藤先生而言，今日子小姐提出的結論應該是他夢寐以求的答案，但從他不打算輕易接受這個推理的反應，看得出他的謹慎。

「就算沒有根據，我也不會對遺書內容照單全收。看了你傳達的遺書內容，首先可以分成兩種情況。①遺書內容是真的。②遺書內容是錯的。」

遲來一步的各個擊破——今日子小姐開始進行分類。

①遺書內容是真的——②遺書內容是錯的？

錯的？

「……掟上小姐，我可以理解①，但是②裡『錯的』是什麼意思？」

「我的意思是，遺書裡雖然寫著『獻給阜本舜老師』，但不見得是真的要獻給他啊！」

「咦……什、什麼意思？」

這句話的意思其實很明白，但顯然是紺藤先生完全無法想到的觀點——他在這方面非常單純。

至於從小動不動就遭到懷疑，性格發育極度扭曲的我，反而唯有在此，比較能理解今日子小姐的意思。

「因為那篇遺書幾乎只是把作品裡的句子抄下來，沒有任何想法也能寫不是嗎？」

「寫……寫是可以寫出來……」

沒錯，這並不需要文采或思想。

任何人都可以依樣畫葫蘆——就算完全沒有自殺願望的我，也可以寫得出來吧。即使沒見過阜本老師，縱使連一格他的漫畫都沒看過，想要寫一句「獻給阜本舜老師」還是能寫。

「你的意思是說——遺書內容是她……是遺言少女的謊言嗎？」

「這麼一來，必須把情況分得更細一點。亦即『②遺書內容是錯的』又有兩種狀況。Ⅰ．遺言少女是真的這麼想。Ⅱ．遺言少女說謊。」

「是真的這麼想……什麼意思？」

「意思是她明明因為其他理由自殺，本人卻一廂情願地這麼想。」

「我覺得這跟①沒什麼太大的差別……」

「不，完全不一樣的。被害人認定是兇手的人，不見得一定是兇手吧？死者留下的死前留言，也不見得總是能指出真相。」

即使以推理小說為例，阜本老師依舊一點概念也沒有的樣子，只見他側著頭，表示不解。

看他這樣，或許是覺得自己解釋得不夠清楚，今日子小姐又補充。

「你想想看，就像欺負人的人並沒有那個意思，可是只要被欺負的人認為自己受到欺負，那就是所謂的霸凌不是嗎？這是正確的見解，但是如果讓我講得壞心眼一點，這種作法同時也伴隨著一定的風險。無條件且無限制地接受被害人說詞的制度，極有可能會成為冤罪的溫床。」

身為冤罪體質，這是我的切身之痛。

以這次的案子來說，連我也認為不該對至今還躺在醫院裡，仍在鬼門關前徘徊的十二歲少女留下的遺書內容有絲毫懷疑——少女已經傷痕累累了，還要被這樣的懷疑，應該會更受傷吧——但是仔細想想，她是否命在旦夕，與遺書內容的真偽一點關係也沒有。

可能是她誤會了——也可能是她說謊。

「因此，應該先盡全力審視她留下的遺書內容。審視其真偽。」

「……Ｉ的狀況我可以理解。」

皐本老師試探地說道。

他的樣子看起來，就像是在害怕會看到做夢也沒想過的恐怖真相。

「那個女孩子以為自己是受到我的漫畫影響，但其實潛意識裡的其他理由才是真正的理由……你是這個意思對吧？」

「嗯……」

今日子小姐不置可否地露出微笑。

大概是有點不一樣吧——但可能還在誤差的範圍內，所以她也想聽過就算了——或許是為了順利進行下去，沒有特別說什麼。

「總覺得這像是有人受到霸凌，學校卻聲稱『無法斷定霸凌是自殺的原因』的意見一樣，令人無法釋懷……」

皐本老師沒注意到今日子小姐的反應，逕自陳述著自己的看法。

「那麼，II的情況又是什麼情況呢？我比較搞不懂的是這個部分。」

他這麼問今日子小姐。

「你說遺言少女說謊……在遺書裡寫謊話，有什麼意義嗎？」

因為想做自己喜歡的事才成為漫畫家——因為有趣才畫漫畫，一旦不有趣就應該收手——就某個角度來看，這麼坦白的阜本老師也是很單純的人。

原先沒有想到這麼多，不過一旦得到這樣的提示，像我這樣的人，反而能一下子就反應過來。

「有的，當然是有意義的——其意義也可以分成兩個面向。」

「又……又是兩個面向嗎？」

「其實大概可以分成二十種，但是為了化繁為簡，才說只有兩種。」

今日子小姐說著分不清究竟是認真還是開玩笑的話。

「α・遺言少女對阜本老師懷有惡意。β・遺言少女對阜本老師沒有惡意。」

這次是α跟β嗎？

「惡意……對我嗎？」

「因為像這樣被自殺者在遺書上指名道姓寫出名字，阜本老師不就會很傷腦筋嗎？實際上，你也說要封筆了——另外做為參考補充一下，我雖然省略不表，但也可能是對作創社有惡意。」

今日子小姐做出這樣的結論，紺藤先生靜靜地掩著嘴角——大概是在掂量今日子小姐說的可能性有幾分。

「找麻煩……嗎？不，可是，那孩子可是以身相殉啊？你是說她不惜性命，也要找我的麻煩嗎？」

「到底是拚死也要找你的麻煩，還是尋死時順便找你的麻煩，這點又要再細分了……」

至此，我終於明白今日子小姐為何要實際站在案發現場的大樓樓頂上，研究是否為自導自演了——不只是為了驗證「自殺遊戲」，今日子小姐當時也在驗證這會不會是為了找麻煩而施行的「假裝自殺」。

只是驗證結果似乎排除了這個可能性……我應該已經習慣今日子小姐各個擊破的推理，但也開始混亂起來了。

「如果是懷有惡意的 α，又可以分成兩種情況。」

今日子小姐繼續採條列式細分下去。

「甲．遺言少女恨阜本老師。乙．遺言少女不恨阜本老師。」

這下是甲乙嗎……

我開始感到不安了，該不會反而是分類的項目符號先用完吧。

「怨恨……？對阜本老師嗎？」

紺藤先生面露驚訝。

「沒錯，也包括不合理的怨恨。」

今日子小姐說道。

「也就是說，遺言少女認為阜本老師對她做了『什麼』，想要報復——所以留下那樣的遺書以洩憤。」

「是嗎……那、那個『什麼』……到底是什麼？」

「再下去又會有無數的可能性了，多到連我都無法掌握。阜本老師，希望你能告訴我，你不會是以前就認識遺言少女吧？」

「不，我才不認識！」

阜本老師連忙否定這個突如其來的問題。

因為否定得太過慌張，這使得否定看起來反而可疑——只是，如果被人這麼懷疑，不管是否真有其事，任何人都會緊張吧。

「這樣啊。那麼只要針對情況乙進行說明就夠了吧。乙．遺言少女不恨皐本老師。簡言之，皐本老師是知名人士，所以才成為惡意的目標。」

因為是知名人士，才成為惡意的目標。

……怎麼搞的，在跟著今日子小姐細分選項的過程中，反而把「獻給皐本舜老師」這句遺書內容給人的印象翻轉了一百八十度。

本來是希望得到「十二歲的小孩並不是因為受到皐本老師的漫畫影響而試圖自殺」的結論，但討論似乎往更無可救藥的方向發展。

「什麼知名……我只不過是個沒什麼名氣的漫畫家……」

皐本老師嘴上說得謙遜，但或許是因為這個可能性比「十二歲的少女對自己有私怨」更容易接受，皐本老師並未強硬否定。

累積一定資歷的漫畫家，過去不可能完全沒支付過成名之人避無可避的成名稅。

「A．遺言少女是皐本老師的粉絲。B．遺言少女不是皐本老師的粉絲——如果沒有私怨，倒可以考慮這兩種可能性。」

今日子小姐繼續把討論往前推進——編號來到A、B之後，整個就像是考試的選擇題了。

只是，這組選項令人費解。

懷有如此強烈惡意，不可能還是粉絲吧——雖然我這樣想，但是一反剛才的針鋒相對，紺藤先生和阜本老師似乎比較能接受這樣的假設，因此兩人皆未提疑義。

粉絲才會懷抱的惡意。

在漫畫業界裡，或許很常見。

紺藤先生面露為難，催促今日子小姐往下說。

「原來如此，我明白帶有惡意的情況了。那麼，掟上小姐，若是沒有惡意的情況……可以請你倒帶一下，回頭說明β的情況嗎？」

這也可以說是為了阻止今日子小姐繼續沒完沒了地提出分歧選項。

「對阜本老師沒有惡意，會做出這種事情來嗎？這樣不就是單純來找麻煩的嗎？」

「目的不同。嗯，該說是目的嗎，或說是標的呢——α的情況，是遺言少女的視線由始至終都看著阜本老師，β的情況則是為了要將第三者的視線，轉移到阜本老師身上。」

「……？」

「為了不想讓人知道自殺的真正動機，刻意準備了一個虛假的動機——於是利用了阜本老師的名字而已。寫下『自己是因為阜本老師的漫畫而死』的遺書，藉此隱藏真正的理由。」

遺書裡寫的不盡然都是事實——更何況是在本人不想寫出真相時。

遺言少女對阜本老師沒有惡意——說穿了，就是「換成其他人的漫畫也無所謂」的意思。

原本覺得最糟糕的可能性是「懷有惡意的粉絲故意陷害阜本老師」，但是這種沒有惡意的「誰都可以」，想想其實也是糟得不得了——因為沒有惡意反而才真是糟透了——實在是令人哭笑不得的結論。

「『受到漫畫的影響而自殺』這樣的說詞——該說是還滿淺顯易懂嗎？或說是一則簡單明瞭的事例，抑或一種容易接受的因果關係——總之是一個很難讓人再繼續深究的動機。」

的確——聽到這句話的時候，我根本不會再去想其他的可能性。

身為一個正常人，面對自殺未遂少女留下的遺書，潛意識裡的確有種認為不該去懷疑其內容的想法，「受到漫畫的影響」這樣的故事情節，好壞姑且不論，確實極度具有說服力。

如果連這動機也是編出來的故事。

不是惡意，而是刻意……

「是否受到影響完全是內心的問題，所以很難看穿這個謊言吧……」

紺藤先生苦惱地說。

而且是本人自陳，所以更是難以洗清的冤情——就算想要逼問遺言少女說出真相，她現在也因身受重傷而昏迷當中。

雖然不願這麼想，但她要是就這樣死掉，真相將永遠葬送黑暗之中。

「掟上小姐……那，遺言少女自殺的真正動機到底是什麼呢？她不惜說出這樣的謊言，也想要掩蓋的真正原因究竟是……」

「目前還不清楚。」

相較於提示分類選項時的細緻，這個答案顯然是很粗糙，這也難怪——既然少女企圖掩蓋，想必就還未見光。

「家庭失和、校園問題、交友關係——會讓小孩試圖自殺的常見原因，大概就是這些了吧，感覺這些也是一般人比較容易接受的『故事』呢。」

基本上在現階段，一切都只是假設，也還不確定情況 β 是否即為正確解答——如果一開始的分歧①才是正確的話，目前正在進行的分歧分類就全是徒勞。

由於今日子小姐講到現在，幾乎都是在延伸②的可能性，現在「遺言少女的自殺與阜本老師的作品無關」好像成了前提，但其實她並未提出任何根據可以佐證這個一開始就提出的「結論」。

「如果只討論可能性，要多少有多少吧。夠了，偵探小姐，你就不用再安慰我了。」

皋本老師似乎也注意到這一點，搖搖頭說。

「真是如此，責任根本不在於我——反倒我才是被害者——講這種可能性只不過是用來逃避責任而已，你根本什麼證據都沒有。」

「可是也沒有證據可以證明是皋本老師必須負起責任啊。」

「所以我說，像這種想法本身就是逃避責任。現階段最為確切的事實，就是那孩子試圖自殺，而那孩子的遺書裡寫著我的名字，如此而已。」

他說的沒錯。

既說不上是奧坎簡化論（Occam's razor），也不是戈爾迪之結（Gordian knot），坐在旁邊一路聽下來，今日子小姐的推理已經超出各個擊破，甚至有想得太複雜之嫌——令人感覺她只是為了讓皋本老師收回封筆決定，而在此賣弄理論。

然而，今日子小姐畢竟是個偵探。如同她一開始在病房裡對我說的——就算結果不如委託人的意，她也不會捏造或扭曲事實，引導出她要的結果——縱使會出言恭維，也不會空說安慰或寬心話。

「說到確切的事實，倒是還有一個。」

今日子小姐豎起一根手指，態度始終從容不迫。

「而且那正是紺藤先生感到不對勁的真正原因。」

「……那到底是什麼？」

皐本老師有些不耐煩地問——他的樣子似乎已經是忍耐到極限，是否會憤而離席走出這間會議室，將端看今日子小姐怎麼回答。

今日子小姐這種各個擊破的推理方式，無可奈何地會給人偏離重點的印象，皐本老師會感到焦躁，可以說是很自然的結果。他或許會覺得今日子小姐一直在顧左右而言他，避重就輕。

只不過，今日子小姐向他所揭示的「確切的事實」，又更無異是在其怒火上添柴加油。

「我對您現在的連載作品《好到不行》，可是讚不絕口的——還請您把這件事放在心裡，好好聽我說。」

今日子小姐先埋下這句謎樣的伏筆，接著說出那個「確切的事實」。

我當然也看過那篇〈死亡帶路人〉的漫畫——她說。
「那個短篇並不怎麼有趣，所以絕對沒有迫使讀者自殺的影響力。」

5

說來。
明明應該要檢討所有可能性，但「遺言少女並非自殺」的可能性——卻始終沒有浮上檯面。

第五章

待命的隱館厄介

1

儘管還算委婉，但是說作品「不怎麼有趣」，這種情況下反而會被視為極具真實性的直言無諱，再加上「絕對沒有」這麼強力的斷定之言，成了毫無其他解釋的明確批判。

確切的事實。

不，若說這就是紺藤先生感到不對勁的真相，倒是的確清楚明白，不需要再進一步探討——也能解釋聰明如紺藤先生，為何無法將這「不對勁」訴諸於言語形容的理由。

當然身為編輯，判斷漫畫好不好看是紺藤先生的職責所在，但是在這種情況下，也不可能跟苦惱的漫畫家說出「那篇作品不好看，所以不會對讀者有影響力」這種話。

再說得深入一些，出現在遺書裡的不是編輯部視為主力，現正好評連載中的《好到不行》，而是過去的短篇〈死亡帶路人〉這點，或許讓紺藤先生感覺到了刻意。

一般會將這個情況解釋為少女是連阜本老師過去的作品都知道的狂熱粉絲，但也可以解讀成其實是少女為了編造自殺的藉口，從以自殺為主題的漫畫裡任意挑一本出來寫進遺書裡。

任意的選擇——若是如此，再也沒有比這個更刻意的行為了。

難怪會覺得太對勁到不對勁。

只是，身為編輯、身為組織裡的一份子，就算撕裂紺藤先生的嘴，也不敢對阜本老師這麼說明吧——但是，掟上今日子敢說。

因為到了明天就會全忘記，所以敢跟任何人撕破臉——她就是一個這樣直率的女性，也是個偵探。

今日子小姐將紺藤先生內心那股不對勁的感覺，用明白到幾近露骨的言語呈現——身為偵探，可說她在這一刻就已經完成委託人的要求了。

然而對她來說，現階段只不過是途中報告——今日子小姐的偵探活動，現在才要進入下半場。

2

「哎呀，挨罵了耶！」

不知究竟是存著什麼心，今日子小姐看起來開朗到不行，感覺甚至還有些興高采烈地說道。

「沒想到他會那麼生氣哪……啊哈哈。畢竟漫畫家總是有點脾氣吧，我原本還抱持著淡淡的期待，以為就算是惡評，他也會謙虛接受呢。」

這個期待也太一廂情願了。

而且，即使摻雜了恭維，她剛剛也把《好到不行》捧得太高了，相形之下落差實在太大。

或該說，正因為阜本老師把好評記在心裡，才更無法控制激動的情緒——與作創社人員的會談，就在我和今日子小姐幾乎是被趕出會議室的情況之下，半強制性地結束了。

中間還以為會是阜本老師憤而離席，沒想到是我們被趕出來……狼狽的我們落荒而逃，跳上剛好停在作創社前的公車——最快的偵探就連撤退也很快——相對的，骨折的我則是極其不堪地被她拖上車。

仔細想想，開會時我明明盡全力消除自己的存在感，一句話也沒說——為什麼連我都被掃地出門。

被當成共犯了。

冤枉啊大人。

話雖如此，但是比起跟怒不可遏的阜本老師一起留在會議室裡，能夠和因為演出大逃亡而顯得興奮莫名，看起來樂不可支的今日子小姐肩並肩坐在公車雙人座上，實在是太好了。

只是對沒辦法逃跑的紺藤先生和取村小姐非常過意不去就是了……

「對不起。」

等到稍微冷靜下來，今日子小姐終於向我這麼說——我以為她是為了惹惱阜本老師的事道歉，結果並不是。

「要你特地等到下午，結果卻還是在你未讀的情況下，讓你有了先入為主的印象。」

看來今日子小姐是針對她在尚未看過〈死亡帶路人〉的我面前，最後還是說出了感想一事道歉——對阜本老師說了那麼多不客氣的批評，卻為了這種事向我道歉嗎。

這大概是今日子小姐身為讀者的態度吧——看推理小說的人，常常會有過度忌諱爆雷的傾向。

不過，她其實根本不用向我道歉，因為我已經完全錯失閱讀〈死亡帶路人〉或《好到不行》的時機，而且錯過這次機會，將來應該也不會想去看，所以一點問題也沒有。

「別這麼說，請你一定要看，然後再告訴我感想。雖然是我看了那篇漫畫以後一點心得、一點共鳴、一點感動也沒有，不過恐怕厄介先生就是能從其中發掘出什麼魅力也說不定呢。」

恐怕……

她對這部作品的評價是有多低啊……被她說成這樣，我就更不想看了。

「不只限於漫畫，對於『故事』的評價，本來就是因人而異。〈死亡帶路人〉雖然完全無法打動我，但是對十二歲的遺言少女來說，恐怕是一部撼動靈魂的傑作也說不定。」

「……」

嗯，又是恐怕……

她在會議室裡沒有提到這一點（應該是在提到以前就被趕出來了），但是也不能否認〈死亡帶路人〉對自殺的謳歌，就這麼剛好與遺言少女的感性相契合的可能性。

無法得到其他人的共鳴，只有自己認為是傑作——連我心中也有這樣的作品，沒人能保證對於遺言少女而言，〈死亡帶路人〉絕非如此之作。

「就是說啊。即使連作者本人也認為是垃圾的作品，只要自己覺得好看，那就是好看的。在我心裡，也有這樣的作品呢。」

「所以……要繼續進行調查，是嗎？」

事情就是這樣。

雖然被阜本老師趕了出來，但是今日子小姐在離開會議室以前，已經跟紺藤先生說好了。

「因此，我想繼續調查遺言少女試圖自殺的真正原因。晚上十點左右，我會再來打擾的。」

真的是打擾，不折不扣的打擾……

如此這般，說到我們現在正往哪裡去，倒也不是只為了遠離作創社而隨便跳上一輛公車，而是目標明確地正前往遺言少女就讀的國中。

今日子小姐早就告訴過我，她想在作創社開完會後去學校看看，所以我事先就已經用手機查好轉乘資訊——這讓我們在逃亡時顯得手腳俐落。

由於是最快的偵探，所以今日子小姐的行程可是排得滿滿，但因為在作創社的會議比想像中還早結束，時間上多了一點餘裕。

「可是，這樣好嗎？今日子小姐。」

「嗯？什麼好不好？」

「呃，結果剛才都在報告上午的調查內容，根本沒問到紺藤先生或阜本老師幾個問題……這對今後的調查會不會造成影響啊？」

「喔，這點你完全不用擔心。」

彷彿是笑我擔心只是杞人憂天，今日子小姐報以惡作劇般的微笑。

「因為想問的都已經問了……至少我已經知道我感覺到的不協調感和紺藤先生感覺到的不協調感是否相同，以及阜本老師和遺言少女之間是否有交集，只要能確定這兩點就夠了。」

而且也已經確定了——今日子小姐如是說。嗯，第一點我懂，可是第二點是什麼意思？

交集？

「是呀，也就是藉由去解釋遺書裡出現〈死亡帶路人〉的過程，來釐清遺言少女對於阜本老師抱持惡意、心懷怨恨的假設具有多大的可能性。我本來假設那個遺言少女是為阜本老師的粉絲，可能是在簽書會之類的場合見到他，卻因為對阜本老師冷淡的反應懷恨在心，為了報復老師而自殺——但從阜本老師的反應看來，這個假設似乎是不成立的。」

「也是……皋本老師也說不認識她。」

現階段還無法排除皋本老師是在不知情的情況下見到對方、在不知情的情況下遭到怨恨的可能性，要全面否決這個假設還有點困難，但是這種類的怨恨，應該不至於突然就上演自殺騷動——在事情發展至此之前，應該會有些徵兆，所以要是皋本老師真的毫無頭緒，的確很不自然。

……倘若目的是要陷害皋本老師，那麼就是由於我的碰巧介入，使得她無法達成目的。

不可思議地，雖然沒有公布姓名，但是因為我被媒體當成兇手看待，遺書的內容因此並未公諸於世——自然而然也無人提及皋本老師的作品——一思及此，總覺得心情有些複雜。

「那麼，今日子小姐現階段認為皋本老師只是遭到利用嗎？」

「現階段還沒有什麼認為，我只是冷靜地在收集推理用材料罷了。」

她沒有正面回答，但其實心裡應該已經有好幾個假設了吧。

話說她寫在右腳大腿內側的筆記……可是，我卻無法追問這一點，真是好難受。

「啊，不過，我認為就結果來說，阜本老師那麼生氣其實是件好事。會因為作品遭到貶低而發那麼大的火，表示他還沒有失去創作者的靈魂。」

這跟你剛才說的話完全相反吧……

就算已經失去創作者的靈魂，聽到那樣的批評，我想是人都會發火。

「……好壞暫且不論，阜本老師還真是個不會掩飾自己的人呢。」

我說。

老實講，這個感想也隱含著希望他能多少掩飾一下的心情。

若說這種心情「只是對作者的幻想」我也不否認，但也不過就是如此。

「也不是看他氣成那樣才這麼說，我還以為他會更沮喪一點。呃，這該怎麼說呢，好像……」

「好像有點如釋重負的感覺，對吧？」

今日子小姐一針見血，說中我不知該從何說起的印象——既然能說中，表示她或許也有同樣的感受。

「對……正是如此。」

「嗯，因為漫畫家是一種辛苦的工作呢。他本人嘴上說只是感覺有趣才當漫畫家，但一定也會有不為人知的辛酸。又愛又恨——而且累積到一定的資歷之後，還不能說辭就辭。在編輯部力捧的時候說要封筆，一般說來是根本不可能的。這次的事對阜本老師而言，固然是個困境，但同時也是令他喜出望外，可以『得到解脫』的機會吧。」

「嗯……」

對於才二十五歲，但這輩子經歷過的離職經驗可說是多到數不清的我而言，這種感覺有點難以理解。然而，對於沒有明確「退休」之日的漫畫家而言，或許引退的機會實在是可遇而不可求的。

如同遺言少女企圖拿阜本老師的作品來當成自殺行為的藉口，阜本老師也想趁機利用遺言少女的自殺行為來做為退休的藉口嗎？

「不，我可沒這麼說。他是真的感到很自責吧。不過，一想到費盡千辛萬苦才畫出來的作品差點奪走一條人命，也很難繼續保持創作的動力吧。」

並非只是因為變得不有趣、變得無聊了才收手——事情並不如他嘴上說得單純。

當事人的心情只有當事人才能了解，或是更進一步來說，有時候甚至連當事人自己也不是很了解。在今日子小姐剛才區分的可能性之中，「只有當事人一廂情願這麼認定」的情況似乎很詭異，但也並不是那麼稀奇。

「我都那樣出言刺激他了，只希望他能把對我的怒氣，確實轉化成作畫的動力。」

「今日子小姐，你是因為這樣，才故意用那麼尖銳的措辭嗎？」

事到如今，我才想到這個可能性——對了，先不論過去的短篇〈死亡帶路人〉，今日子小姐可是給了連載中的《好到不行》相當高的評價。

或許不是以偵探的身分，而是身為一介讀者的她，是真心期盼能看到故事的後續發展……結果似乎只是我想太多了。

「才不是呢。」

今日子小姐瞇起眼鏡下的雙眼。

「哪來的後續不後續的——到了明天，連同今天看的內容，我全部都會忘得一乾二淨哪！」

3

從這個角度來看，今日子小姐剛才說過的「倘若讀者受到漫畫的影響跑去自殺，應該把這個經驗運用在下一次的作品裡」這番發言，根本是毫無覺悟——只能說是在要求別人達成自己做不到的事。

無論惹惱誰，或是遭人怎麼怨恨，都會在當天忘掉——對於這樣的今日子小姐而言，既沒有會積累的經驗，也沒有能累積的資歷。

說得再極端一點，在解決篇指出兇手之時，即使犯下把兇手逼到自殺這種「偵探不該犯的錯」，忘卻偵探也不會把這種記憶——對於偵探可以說是奇恥大辱的記憶——帶到第二天。

也許正因為她站在這樣的立場上，才能不囿於感情及同情，進行自由奔放，或甚至說是不負責任也不為過的指責，但是也因此，無可避免地會在關鍵時刻顯得缺乏說服力。

今日子小姐這種記憶每天都會重置的特性，由於能嚴格遵守保密義務，身為偵探占有非常大的優勢，但同時也對她的偵探活動造成很大的限制。

不只是無論什麼樣的案子，都必須在一天內解決——當罪行被完全不會受到過去牽絆的偵探揭發時，絕大部分的兇手都會想說「你懂什麼」吧。

比起在解決篇說教的偵探，她的存在可能更令人難耐。縱使想要傾訴的動機有千絲萬縷，對忘卻偵探說再多都是毫無意義。不管兇手有什麼樣的過去，在什麼樣的心路歷程下走到犯罪這一步——忘卻偵探皆無法體會。

還不清楚遺言少女留下那種遺書的用意——就連她的意識也還沒清醒。當她醒來的時候，會對今日子小姐說什麼呢？

說什麼都是徒勞。

因為到了明天，就會被忘得一乾二淨。

4

我們轉乘公車抵達的那所國中——還請容我不寫出校名，只跟大家透露那是一所具有全國性的知名度，名聲響叮噹的私立女中。

遺言少女是從今年春天開始到這裡上課的——由於是升學名校，從這點看來，至少她的在校成績應該還不差吧。

放棄學生的本分，光顧著看漫畫，受到漫畫不良影響的壞小孩——少女和這種典型的刻板印象可說是毫無交集。

是能夠兼顧興趣與學業的優等生嗎？還是平常不看漫畫的優等生呢？

如果是後者，就能得證阜本老師果然還是被利用來做為藉口——今日子小姐接下來就是要找出這個問題的答案。

「那麼……嗯，可以請厄介先生在這裡等一下嗎？那裡好像有張長椅，請你坐在那邊等。」

公車站牌和校門口之間有一座小小的公園，我在那裡停下腳步，目送今日子小姐從我身邊離開。

這也是當然……

我不可能進得了女校。

原本這就是理所當然之事，再加上才剛發生在校生自殺未遂案，校方現在應該很神經緊張——不用含冤也不需被牽連，只要進去就會被抓起來。

我是百分之兩百進不去，說真的，連身為女性的今日子小姐也很難講沒問題。一旦老實承認自己是偵探，理應也會被擋在門外，吃上閉門羹。

「是呀，所以我應該會自稱是遺言少女的家屬，向班上同學及教職員室的老師問話吧。」

今日子小姐說得臉不紅氣不喘。

不只是學生，還想向老師問話，她的膽大包天真是令我驚服不已。

「偽裝身分潛入調查」大概是偵探的基本功吧……然而，地點畢竟是在學校，還是讓我有點擔心。

比起稍具規模的公司，學校更像是某種聖域——而且是私立的女校，想必會也有警衛常駐才是。

打著「保護小孩」的名號做為理由果然強大——話說回來，要是家長託付給校方的小孩有個什麼萬一，對學校來說也是攸關存亡的問題。

實際上，雖說不是在校內，但鬧出自殺未遂的風波，對學校也是很大的打擊，而……嗯？奇怪，我覺得剛剛好像想到了什麼……是我多心嗎？

「那麼，我去去就回。要是我沒有在一個小時以內回來，請來救我。」

「要、要去救你嗎？」

「開玩笑的啦！不用來救我也沒關係，只要幫我轉告紺藤先生任務失敗就行了。」

今日子小姐說完，讓我坐在公園的長椅上，踩著完全感覺不到企圖心的輕快腳步，走向遺言少女就讀的學校。

即便是謊報身分，只要自稱家屬，就不需要喬裝打扮了……那頭白髮在校內應該會極為醒目吧。但如果是要面對好奇心旺盛的國中女生，或許還能成為談話的契機。

無論如何，在這回合裡並沒有我插手的餘地——那我就好生休息一個小時吧。畢竟我是個大病初癒，或該說是個才恢復意識沒多久的傷患。該休息時好好休息，也是工作的一環。

……不過，關於這件事，今日子小姐或紺藤先生都沒付我薪水。對金錢非常計較的今日子小姐，不可能支付助理費給站在委託人那邊的我，我也不可能向對我恩重如山的紺藤先生索取仲介費——而我還主動向二手書店請辭，不禁覺得自己到底在幹嘛啊。

我曾經半開玩笑地跟紺藤先生說自己只能當作家，但是看到皐本老師目前的情況，深深體會到那個世界沒這麼簡單——況且我現在利用閒暇時間寫下的事件記錄，就算是親身經歷，恐怕也不能公諸於世。可能會成為管制對象，遭到禁止出版的處分——不只是管制，甚至連我這個作者都有可能被取締。

不誇張。

實際上，對創作進行管制最恐怖的地方也在這裡——就像現在皐本老師約莫陷入的狀態，創作意欲受挫萎縮固然也是問題，萬一發生創作者因此被逮捕的案例，才是最危險的。

為了保護人權而侵犯人權。

雖然是極端的例子，但在維護社會秩序上，憑感情感覺去限制創作的風險性實在太高了，甚至是倒行逆施。

即使是倒行逆施，正如今日子小姐說的那樣，歷史上將這種進行管制的體制視為理所當然的時代還比較久，即使到了現代，放眼全球，創作自由絕不是與生俱來的權利。

……另一方面，也不能用一句「荒唐無稽」就認定光憑一本書絕無破壞世界秩序的可能性，這也是談論創作自由時的難處。改變讀者的意識，甚至掀起革命來顛覆國家暴政的書，是確實存在的——裹著娛樂糖衣的思想書，卻招致令人不忍直視的虐殺、煽動歧視與偏見，絕非虛構。

如此一來，實在無法用「為了保護小孩」這樣的框架來闡述——還有種會想用同樣的框架去闡述本身就已經是大錯特錯的感覺。但是，根柢畢竟是同一個問題。

根柢相同——所以盤根錯結。

……不過，無論是萎縮，還是想要有個藉口可以擺脫漫畫家這個辛苦的職業，聽到有小孩差點因為自己的著作而送命時，沒說出「關我什麼事，這是她爸媽的責任」這種諉過之言，打算負起責任來，就應當肯定皐本老師已經很了不起了。

如果讓今日子小姐來解釋，她或許會說那只是為了閃避深入的議論，才把錯攬在自己身上罷了——也或許會說這樣跟單方面把責任推到對方頭上沒什麼太大的差別——也說不定。

如同那時，她曾經對我說過的一般。

那是我永生難忘，對我而言也是「初次見面」的事件——是我第一次委託忘卻偵探的案子。

忘卻偵探最初的事件。

沒錯，那是距今兩年前的事……

當我坐在公園的長椅上正要開始回想過去的時候，我的手機響起——是紺藤先生打來的。

看來在我們宛若逃也似地離開——其實是真的落荒而逃之後，紺藤先生總算搞定會議室的善後工作了。我接起電話，心想時機正好。

「你好，紺藤先生。」

「好什麼好，真是的。厄介，瞧你幹的好事。」

紺藤先生開口一句就是大發雷霆——然而，語氣裡卻藏不住如釋重負的感覺。

今日子小姐一語道破他心裡那股不對勁的感覺究竟是什麼，固然令他如釋重負，還替他把身為編輯、身為組織的一分子而不便對旗下漫畫家開口的話一股腦兒地說了出來，也令他如釋重負吧——不過就算撕裂他的嘴巴，他應該也不會承認。

「我什麼也沒做啊！請不要冤枉我。」

「少來了，阻止掟上小姐是你的使命吧！」

這還是第一次聽到。

我以為接受她的幫助，或是被她耍得團團轉才是我的使命。

「皐本老師冷靜下來了嗎？」

「嗯，總算是……他說要工作就回去了。」

「咦？要工作？那封筆宣言……」

「不，還沒收回，只是把封筆期限延到搞清楚真相為止——總而言之，至少到今晚十點以前，皐本老師還是漫畫家。」

「這樣啊……」

總覺得好像正中今日子小姐的下懷——雖然還不到可以額手稱慶，但狀況還是稍微好轉了一點。

只是，再這樣下去，也不過是拖延了幾個小時而已，還是要快點找出遺言少女尋死的真相。自殺的理由這種事完全是個人內心的問題，外人在短短幾個小時之內，究竟能探究到什麼地步呢——答案只有天知道。

或許結果會空歡喜一場。

「好了，我這裡大概就是這樣——厄介，你現在在幹嘛？沒和掟上小姐在一起嗎？」

「沒有，現在我們分頭行動……」

我向紺藤先生說明現狀。

雖說是分頭行動，但正確地說我只是坐在長椅上休息而已，他可能又會罵我放棄阻止今日子小姐暴走的使命，可是我又不能對既是恩人也是朋友的紺藤先生說謊。

「——因此，今日子小姐目前正一個人在校內打探消息。像是少女在班上的人際關係、有沒有什麼煩惱之類的……」

「……她還真是個身體力行的人啊。」

紺藤先生苦笑。

也難怪，聽到剛才還在公司裡談話的人，現在已經潛入女校進行臥底調查，或許也只能笑了。

「可是，自殺的原因不見得是在學校裡吧？也可能是家庭問題……」

「嗯，所以調查完學校以後，今日子小姐還打算前往遺言少女的家和住院中的醫院。雖然兩邊都沒什麼指望……」

很難想像家人會願意和形跡可疑的偵探見面，而就算去醫院，應該也無法向昏迷的遺言少女問話。

儘管如此，今日子小姐還是會選擇行動——大概是認為在行動的過程之中，可能會再產生別的想法吧。

「這樣啊……也是，只能交給你們了。無力的我頂多只能一路祈禱到晚上，希望能等到好結果……不過，畢竟是十二歲小孩自殺。就算能證明她的動機與阜本老師的漫畫無關，實在也無法說那是好結果哪。」

紺藤先生以晦暗的音調，喃喃說道——我也有同感。

不敢指望能有好結局。

那麼，只剩下期待阜本老師能透過這次事件而確實有所成長，或許才能得到算是救贖的救贖。

第六章

見面的隱館厄介

1

「讓你久等了，厄介先生。」

如同先前預告的，就在一個小時之後，今日子小姐分秒不差地從校園回到公園，不知何故，她竟穿著一身漆黑的水手服。

發生什麼事？

「請你什麼都別問。」

今日子小姐語調低沉。

像是熬夜熬到第二天……

用不著叫我什麼都別問，今日子小姐自己就已經散發出一股讓人什麼都不敢問的危險氛圍，與水手服一起成套穿在她身上。

不過，由於今日子小姐的個頭嬌小，這身打扮看來還挺像樣的——雪白髮絲與下擺較長的黑色水手服，形成讓人無法移開目光的對比。只有靴子是原本的成熟款式，如果不曉得她是剛從國中校園走出來，只會覺得她穿的是種展現不協調混搭的新潮打扮吧。

很適合你——要是隨便講出這種話可能會挨罵，所以我沉默不語，只得無言以對。

「我被國中女生玩弄了。」

今日子小姐搖搖頭説道。我明明什麼都沒問，她還是向我交代緣由，大概是不希望我以為她是自己喜歡穿成這樣的。

「沒、沒問題的！不像冰上小姐那麼不搭啦。」

「那是誰呀……」

今日子小姐輕輕地瞪了我一眼。

雖説是遷怒，但或許是人都想遷怒吧。

原本沒有特別變裝就前往臥底調查的偵探，竟然換了一身打扮變裝回來的狀況，令我也感到混亂。

「無所謂。反正到了明天，我就會全部忘光了。」

但我可忘不了。

「好了，前往下一個目的地吧。厄介先生，接下來是遺言少女的家。」

今日子小姐說著就拉起我的手，想讓我從長椅上站起來。

感覺她之所以會這麼急著想要進入下一步，應該不只是因為身為最快偵探的緣故。

即使今日子小姐的手臂纖細，也不能任由她拉扯我骨折的手臂——於是我再次將約一半的體重託付在今日子小姐的身上。

「又要轉乘公車嗎？還是要搭電車？」

「不，如果從這裡出發的話，用走的最快……因為她就住在學校的徒步範圍內……」

因為時間有限，不用太多時間移動本來是件好事，但是若要走路過去，一想到路人會怎麼看待白髮的國中女生攙扶著我這巨人的模樣，就覺得快要崩潰了。

公安的人，拜託你們別看我。

「……今日子小姐，你該不會是要穿成這樣過去吧？不先找個地方換回原來的衣服嗎？」
雖然同一件衣服不穿第二遍是忘卻偵探的堅持，但是唯獨這次，我想應該可以例外。
「原本穿在身上的衣服被國中女生丟進焚化爐裡，燒掉了。」
國中女生好可怕……確實從外觀來看也感覺是間歷史悠久的學校，但沒想到焚化爐還在運作啊。
毋寧說，她能活著回來真是太了不起了。
我理當早點去救她的，不該等到一個小時後。
「我很清楚你失去什麼了……不過今日子小姐，你有收穫嗎？與遺言少女有關的收穫。」
「當然惹。」
今日子小姐用似乎是剛剛才學會的流行語，點頭說道。
我衷心祈禱，希望她的收穫不只這一句。

2

偵探在名門女校的校園裡究竟經歷了什麼樣的冒險奇譚，直到目前仍然還是一個謎。至於我這個區區的仲介兼同伴，似乎也無法破壞她極力遵守的保密義務。

「遺言少女在班上似乎有些格格不入呢！」

今日子小姐又從結論開始說。

「成績算是名列前茅，但是在人際關係上似乎有很多問題……對了，她好像沒有參加社團活動。放學後多半都在圖書館看書，圖書館主任才會對她很有印象。」

「圖書館主任『才會』對她很有印象」這個說法總覺得很特定——我指出這一點，今日子小姐立刻補充。

「是呀，因為在遺言少女班上，有同學甚至連她的名字也記不得。」

被這麼一說，感覺「遺言少女」這個代名詞的意思也有了變化——不明講她的名字並不是為了匿名，而是因為她根本面目模糊，宛如無名。
逆瀨坂雅歌——這個名字固然難記，但是放在班級裡，應該是個不容易忘記、很有特色的名字才對。
格格不入。
如果這是指大家明明都隱約記得，但是真要去回想又嫌麻煩，所以才乾脆當作「不曉得」她的存在——未免也太悲哀了。
「這樣聽下來，感覺似乎是令人不太愉快的事呢。雖然我在學生時代也不是過得很開心……」
如今也還沒事就得背黑鍋、有事就得丟工作，過著絕不算滿意的成年人生活，但至少還有一些好朋友。
「說的也是呢。不過嘛，所謂死亡，就是『被忘記』這麼一回事。」
穿著水手服的偵探說得好似拒人於千里之外。
像是將遺言少女拒於千里之外，也像是將緊貼著她走在身邊的我拒於千里之外。

「擁有大好未來的少女們，會想用『與我們無關』的態度切割跳樓自殺的同伴也是很自然的事——換作是誰，都不想被捲進麻煩裡吧！」

身為實際上已經被捲入的人，我無言以對。

一想到是多虧我經過，才讓遺言少女撿回一命，就覺得不能以單純的「不想被捲進麻煩」來帶過——我不是忘卻偵探，無法這麼輕易地捨棄關係、切割過去。

「……那些女孩子，對遺言少女自殺的動機沒有任何頭緒嗎？」

畢竟她們都跟本人不熟——既然如此，自然也無從知曉少女為什麼要跳樓自殺。

說不定還會有人隨媒體報導起舞，認定我就是兇手——但針對這方面，警方應該也問過許多次了吧，所以今日子小姐很有可能真的只是被國中女生們好好玩弄一番就回來了。

「倒不是沒有。」

今日子小姐駁斥。

「雖然沒有人說出具體的理由，但關於這點，大家卻都是異口同聲。都說了『我能明白她想死的心情，因為……』之類的話。」

「……因為？」

「嗯，『因為』的後面接著各式各樣的理由。像是『很火大』像是『很無聊』像是『忙死了』像是『超沒趣』……真是夠惹响的感覺。」

我還是不太懂她這樣惹來惹去到底想表達什麼——連這用法對不對我都覺得很可疑。

——我能明白她想死的心情。

——因為。

真是有夠頹廢的說法……真不像是自由奔放，會把水手服穿在成年女性身上來取樂的國中女生給人的印象。

不只不像，甚至是相反。

「所謂的……自殺欲望嗎？」

「呵呵，我只是說這樣很不自然。」

今日子小姐回到公園以後，到現在才終於展顏而笑——那一個小時究竟讓她受到多大的傷害啊。要不是為了工作，她大概會想馬上睡一覺，把剛才發生的事忘記吧。

算了，這點的確是比穿著水手服的今日子小姐還要不自然。

「可是厄介先生，你國中的時候難道沒有這種感覺嗎？開朗的心情和憂鬱的心情，兩者應該是並存無礙的吧？」

「嗯……也是。」

在我雖是憂鬱的學生時代，也曾經開心看書玩樂，所以不能說她錯。還算是開心，還算是憂鬱。

既然如此，也會「還算是想死」吧。

「可是，這樣講的話，孩子們不就會接二連三地跑去自殺嗎……」

「人不會因為肚子餓，就把手邊能弄到的食物都吃進肚子裡吧？也不會因為想睡覺，就什麼地方都能躺下來睡吧？厄介先生也不會因為需要愛，就可以跟任何人交往吧？」

人類是懂得自制的——今日子小姐說道。

具體地以三大欲望為例，我就懂了——雖然我不記得自己說過需要愛。

如果我看起來這麼需要愛，那還真是抱歉。

或許該跟全世界道歉。

「雖然假設的話講再多都於事無補……不過人類總不能一直不吃東西、不睡覺對吧？」

先把愛放一邊。

「可是，就算不自殺，人也可以活下去不是嗎？或應該說，自殺的話，不就死掉了嗎？」

「是會死掉。然而，也有人會刻意傷害自己，一點一滴地去嘗試死亡不是嗎？」

是指自殘或自虐之類的行為嗎？

又或者是——自殺未遂。

「我也是每天的記憶都會重置——每天都像死過一遍呢。」

「……」

這是無法分享的體驗──不可能感同身受的情緒。

就連想像都很困難。

她雖然自稱忘卻偵探，但是她的內心裡又是什麼想的呢──是用什麼樣的心情，去面對現在所想到、感受到的事情都會在二十四小時後消失無蹤，不留任何痕跡的現實呢。

人們常說人生不能重開機，但今日子小姐每天都要被強制重開機。

正當我百感交集，內心思緒難以言喻之時。

「沒錯，就像可以不斷重生一樣，真是太幸運了呢。一切的體驗也都總是非常新鮮。」

今日子小姐卻與我恰恰相反，一副若無其事地這麼說──身上的水手服帶來加成作用，使她說起話來就彷彿純真無邪的少女一般。

「而且不管接吻過幾次，每次都是初吻呢。」

3

說到「純真無邪的少女」，或許就跟「志向崇高的創作者」一樣都是幻想中的生物——我主動修正約略離題的討論方向。

「也就是我們可以認為，遺言少女自殺的動機是因為在校的人際關係有問題嗎？既然她在班上格格不入……」

「如果因為在班上格格不入就要自殺，那麼小朋友們就統統都要去跳樓了吧！」

今日子小姐打斷我剛才的發言——她說的沒錯。

我之所以會迫不及待地鎖定淺顯答案，也可能是因為開始感到時限逼近的壓力——就快下午四點了。

當耗費的時間已經大於剩餘時間，像我這種膽小鬼，難免著急起來——今日子小姐雖然一副不動如山，不過看她連換衣服的時間都捨不得，顯然也不是很從容。

據今日子小姐的說法是「因為買新衣服很花時間」——還真不像是最快的偵探該說的話。不過畢竟挑選衣服確實是屬於興趣而非偵探的領域，所以被這麼一說，我也不能拿她如何。

今日子小姐也有她私底下的一面——只是我不太清楚而已。

「可是厄介先生剛才的反應，其實是相當有力的線索也說不定……或該說，算是戳到了重點。」

「……什麼意思？」

提出如此淺薄的意見還受到稱讚，實在讓我心情複雜……

戳到了什麼重點？

「就是說——倘若遺言少女沒留下那封遺書就跳樓，世人可能就會這樣分析她的自殺。」

嗯……

或許是那樣沒錯，但那又怎樣呢？世人這麼想有什麼問題嗎？

「還不明白嗎？假設厄介先生自殺的話……」

真恐怖的假設。

這個人得意洋洋地在假設什麼啊。

「這時，如果有人認為『哦，那個人是因為沒朋友才自殺。超遜的！』你做何感想？」

「遜……死了還被說超遜的，那的確很討厭……」

雖然有點挖洞給我跳的感覺——原來如此，我明白她想說的了。

是，實際上我是有一些好朋友，但跟他們交情好，絕不表示我有很多朋友，所以如果我跳樓，世人應該會以為我有社交方面的煩惱吧。或是以為我深受不白之冤為苦，為了證明己身清白以死明志，一個搞不好，說不定還會認定我是畏罪自殺。

死人無法開口。

無法制止活人任意揣測自殺的動機——既然如此，要說「慎重其事」是有點怪怪的，但是為了表明真正的理由，的確會想留下遺書。

我是不確定既然都要死，捍衛自己的名譽究竟有多少意義，只是一旦要自殺，要拼死守護的東西或許也只剩下自己的名譽了。

「長大成人的厄介先生都這麼想了，善感的十幾歲少女若有這種想法，應該會更強烈、更堅固吧——在學校裡顯得格格不入就鬧自殺，遜斃了。」

「總、總之覺得很遜就是了。」

應該不會是這麼輕佻吧。

可是，如果這明明不是真正的理由，卻要蒙上這樣的「不白之冤」，會感覺難以承受的心情——倒也不是不能理解。

最起碼我就不想被這麼認為。

「在校內或許還會被說是『就已經跟大家格格不入還跑去跳樓』呢！有比這個更糟糕的嗎？」

的確再糟糕不過了。

少女是希望自己的自殺被當成美談——這種想法實在有失謹慎，瞬間就能聯想至此的今日子小姐也真是夠了。

不過，包括我在內，社會大眾都是這樣吧——明明想要深入理解，卻又只想要簡單明瞭的解答。

一旦有中學生自殺，就馬上認為問題出在學校裡。

「雖然這麼想也大致八九不離十——只是被這麼想的人或許難以承受。假使事實不是那樣……不，即便事實就是那樣，也不希望被那麼認為。聽人講真話其實並不好受。」

給以「找真相」為業的偵探這麼一說，還真是一句值得深思的台詞。的確，欺騙讓人不舒服，但所謂的真實，往往更讓人不舒服……慢著，也就是說？

「也就是說……遺言少女之所以留下那種內容的遺書跳樓，是為了面子，為了擺個樣子……是這個意思嗎？」

「也可以這樣解釋。要死也想要有個好聽的理由，這樣的心情並不是太難理解吧？寧願光榮戰死——追求雖死猶生的美學在日本，自古以來一直都是普遍的主流吧。」

「所謂武士道即是求死之道……之類的嗎？可是，嗯，我能理解小孩子會覺得沒有朋友是件很丟臉的事，但是像這樣……說因為受到漫畫的影響而自殺，也絕不是體面的事……」

如果在遺書上寫下謊言的動機是為了「愛面子」，應該有更好更體面的理由可寫——不，等等，我搞不懂了。

什麼是體面的自殺理由啊？

有那種東西嗎？

「如果目的只是想讓人不去注意到真正的理由，根本沒必要選擇體面的理由，還不如找個典型的、社會大眾比較容易接受的理由就好——反過來說，去年還是小學生的十二歲小女生，就算在遺書裡寫上『我是為了改革這個國家而死』這樣的內容，也沒有人會真的全盤接受吧？只會被當成是在騙人而已。」

「說的也是……」

就算我留下這種遺書，也只會被當成是在騙人吧。

「……原來如此，這麼說來『因為受到漫畫影響而自殺』的遺書內容，的確是很容易被全盤接受的理由……」

這就是紺藤先生口中「太對勁」的感覺——紺藤先生也算是關係人，才會感覺不太對勁，否則他也可能會用「哦，原來是這麼回事啊」或「這種事很常見啦」之類的一語帶過。

「這樣……如此一來，阜本老師就真的只是無辜被牽連……」

這是狀況Ⅱ？還是β呢？

我已經忘了更細的分類。

換個角度，他甚至比我還更無辜。

完全是代罪羔羊。

「可是，到底是什麼樣的自殺理由，讓遺言少女要隱瞞到這個地步……依照今日子小姐的直覺，『在班上格格不入』並不是自殺的直接理由嗎？」

「嗯……我還沒有自信可以斷定不是，但至少紺藤先生和阜本老師都無法接受這個理由吧！因為既沒有證據，也沒有根據。」

這樣啊。

言下之意，只要紺藤先生和阜本老師能夠接受，那麼就不需要證據和根據了。

然而，現在就連遺言少女的人格特質也還在五里霧中——能在接下來的六個小時裡探索到她的內心世界嗎？

「人格特質嗎……說的也是，的確都沒有人提到她的個性。沒有人跟她熟到可以描述她的人格特質，但是比起遇到不懂裝懂的人講一堆，這樣是比較好。不過，圖書館主任的分析，倒是很有意思。」

今日子小姐如是說。

分析？

說來剛才，今日子小姐是說過，圖書館主任對遺言少女很有印象……

可是，很難想像圖書館主任和一介學生之間，會有什麼能激盪出見解的交集……「在班上格格不入的少女，只與圖書館主任很要好」聽起來雖然感覺很像在演偶像劇，但也就是因為不太可能發生，才會覺得像是戲。

啊，不對。

反正地點是圖書館，沒有直接的交集也無所謂——畢竟那是看書、借書的場所。

所謂——看一個人的書架，就能猜到他是什麼樣的人。

遺言少女平常都一個人在圖書館看些什麼書呢？借書卡上又記錄著哪些書呢？知道這些資訊的圖書館主任，確實可能會比同班同學更能深入她的內心世界。

閱讀就是這麼私密的行為——聽說有愛書人就是因為不想讓自己買的書被記錄分析，連去書店買書也刻意不辦集點卡。

的確，若用這個觀點去分析遺言少女，或許就能找到她自殺的動機……

「不不不，厄介先生。不是這樣的。」

「咦？」

「因為這麼做，結果還是受制於『被書影響才去自殺』的偏見呀。雖然我完全贊成『閱讀是私密行為』這個想法，『只要觀察陳列在書架上的書就能看出個性』也是很有趣的見解，在朋友之間彼此分享，我想一定會很好玩，但是此時這麼做，就跟把批判矛頭對準陳列在兇手書架上的書差不多哪。」

嗚嗚。

被這麼一說，的確無法反駁。

「受到書的影響才染指犯罪」和「讓犯罪者看到入迷的書」乍聽之下似乎相反，但結果或許都是在講相同一件事——肯定都是一種偏見吧。

因為書架上放這些書，所以是這樣的人——就跟因為十月出生所以如何如何，因為是A型所以如何如何一樣，頂多只能當成算命的參考。即使能做為間接證據，也不是不動如山的證據。

對那本書有什麼想法，是覺得有趣還是無聊，又或者買是買了，但是根本還沒看……光看書架是無法判斷的。

既然如此，圖書館主任對遺言少女的分析又能代表什麼呢——難道真的是大人和小孩的忘年之交嗎？

「不，聽說他們幾乎不曾好好地說上話——可是啊，重點不在書名或內容，而是她借閱書籍的習慣很特別，特別到讓圖書館主任無法忽視。」

「嗯？那跟觀察借閱什麼書不是一樣嗎？不管是借還是閱，只要不會干擾到別人，都是個人的自由吧。」

「聽說遺言少女看書借書的時候，總是會保持一定的平衡呢！」

「平衡？什麼意思？」

「她在借新書的同時，也會借舊書——讀私小說的時候，旁邊一定會放著奇幻小說。看完詩集以後看傳記，看完科幻小說再看商管類的書，借輕小說時也會一起借純文學，看完推理小說，就會接著再看言情小說。」

「……」

先不管推理小說是否能用言情小說來中和——這就是所謂「平衡」嗎？

「也就是說……那孩子的閱讀範圍很廣泛嗎？」

「不，因為再怎麼想，她每次借的冊數都不太可能在還書日前看完。而圖書館主任則是如此分析——她其實從未看完借的書，只是要讓周圍的人以為她的閱讀範圍很廣泛。換句話說，這麼做只是為了避免別人從她看的書分析自己，故意模糊焦點。看書架就能了解性格——這也可以說是少女針對如此偏見所採取的對策。借書不忘障眼法、看書夾帶煙霧彈——就是圖書館主任對遺言少女的印象。」

就像多愁善感的少年少女要買有點色色的書刊時，會特地跟參考書一起拿去結帳那樣啊——今日子小姐以明快的口吻，舉了一個該說是低俗……總之是極為淺白的例子。

要說我對這個例子毫無頭緒是騙人的，要說我無法理解那種想隱瞞自己愛看什麼書的心情，也是騙人的。

適合自己的書終究沒那麼容易透過別人推薦找到，「你這種人應該會愛看這種書吧」之類的成見，有時候會比蒙上不白之冤更讓人不舒服。

看A時也看反A。

看B時也看反B。

這個傾向大概不只出現在閱讀上吧——那該說是有點病態，卻令人足以如此確信，首次從「遺言少女」身上能觀察到的個性——能夠稱得上是個性的人格特質。

至少比起照抄漫畫的遺書，這是更明確呈現出十二歲少女面貌的事蹟。那天，我用自己的身體接住了從天而降的少女——但是直到此時此刻，我才感覺自己終於見到她——遺言少女的面貌。

然而她如此費心故布疑陣的工夫就這麼穿幫，感覺似乎是比性格被人解析更丟臉的事……但畢竟還是難逃專家的火眼金睛。

換作是我，只會單純以為她是個看很多書的孩子而已——肯定會正中她的下懷。

「原來如此。我明白圖書館主任的分析了，可是今日子小姐，這又代表什麼呢？」

「厄介先生，這就表示我們可以據此推測遺言少女的性格——她非常痛恨自己被人分析或內心被探索，具有竭盡所能想要隱藏自己的人格特質。」

對於必須在今晚十點以前找出她自殺真正原因的偵探而言，這實在說不上是討人喜歡的性格。

4

後來，今日子小姐撐著我的右半身抵達目的地逆瀨坂家，卻沒人在。

與其說是沒人在，更像是沒人住。

明明才傍晚，透天厝的所有房間都門窗緊閉——看著滿出信箱的報紙，就算不是偵探也能推理得出來，已經有一段時間沒有任何人回到這個家了。

應該是為了逃避媒體採訪，躲到親戚家去了吧……此時我只是單純這麼想，但接著到遺言少女住院的醫院一看，發現事實不是我想的那麼單純。

原本打的算盤是重傷的遺言少女既然還昏迷不醒，不管家人現在躲在哪裡，想必都會陪在住院的少女身邊，所以應該可以向他們請教一些問題。但是今日子小姐向護士打聽到的消息，卻粉碎了這個盤算。

「打從她住院起到今天，她的家人似乎一次都沒來看過她呢。」

恐怕就像面對圖書館主任那樣，利用被迫穿上水手服這件事，假裝成少女的朋友（也就是假裝成國中女生）巧妙地向護士套出證詞的吧。今日子小姐的情報蒐集手腕（職業意識）雖是高明，但從蒐集的情報看來，不管說得再委婉，遺言少女的家庭環境也稱不上良好。

而如果將此視為自殺的動機，對十二歲的少女而言，必然又是難以忍受的偏見吧。

無論如何，昏迷不醒的遺言少女目前仍然謝絕探視，所以穿著水手服的偵探和遍體鱗傷的被害人奔走半天，終究還是沒能與她見面。

以為終於見到一面的少女——實際上，或許連她的影子都沒看到。

第七章

再訪的隱館厄介

1

「厄介先生，可以請你去幫我買衣服嗎？」

連續在少女家和醫院撲了兩次空的今日子小姐，暫時停下腳步——本來還以為她正默默啜飲著方才在醫院大廳購買的罐裝黑咖啡，卻冷不防地被她提出這樣的請託。

「這是家大醫院，只要拜託院方，我想應該可以借到適合厄介先生的拐杖的——因此，可以請你幫個忙嗎？」

「好、好的……」

的確，像這種規模的醫院，應該會有適合我的拐杖——只是，我不明白她提出這個要求的用意。

衣服？

「我總不能一直穿著水手服吧。固然不能說是不幸中的大幸，但由於連續撲空，意外多了不少時間，我想換個衣服。」

雖然那身水手服看著看著也漸漸看習慣，話說回來倒也是不好就這樣一直穿在身上。

總不能在晚上十點還穿著那身水手服去見紺藤先生——或許到了明天，今日子小姐就會忘得一乾二淨，可是我這輩子都會受盡紺藤先生的揶揄。

距離時限只剩下不到四個小時，先不論是否還有餘暇，但是感覺調查確實已陷入瓶頸，想轉換心情、重振旗鼓，換套衣服或許是不錯的方式。

問題是——為何要我去買？

而且今日子小姐的「請你幫個忙」聽起來像是要我自己去買……既然是今日子小姐要穿的衣服，應該由她自己去挑選不是嗎？

「別這麼說，請你幫個忙嘛。挑一套厄介先生喜歡的就行了，就還請把我當成你的玩具吧。」

對我施加壓力是怎樣。

要把走在流行的尖端、號稱同一件衣服不會穿第二次的今日子小姐當成紙娃娃，對我來說壓力太大了……我可沒有國中女生那麼天真無邪，實在做不出這種事。

光要避免和我看過她穿的組合撞衫，就足以令我傷透腦筋了……絕對還是今日子小姐自己去買比較好吧。

「不，我想利用這段時間處理別的事……該說是有點私事嗎？或該說是一點小事？讓我們相約一個小時後，在遺言少女墜樓的那棟大樓的樓頂上集合如何？」

又要分頭行動？

今日子小姐要去買別的東西嗎……既然她說是私事，我也不好過問。

善於穿搭的今日子小姐會把挑衣服的重責大任交給別人，想必她打算在這個小時理去處理的，也絕不盡然是私事吧……然而我不懂的是，為何要在那棟住商混合大樓的樓頂上集合呢。

現場蒐證應該已經在上午結束了。

前往那棟大樓就等於是去剛離職的二手書店一樣，老實說，真的不想在同一天裡再去第二次……

「有話說『走訪現場千百遍』呀。遇上瓶頸之時就重回現場，是調查的鐵則。」

今日子小姐說道。比起偵探，這更像是刑警的台詞——不過，她會決定要再去一趟那棟曾經是我職場的大樓，似乎也不是單純的心血來潮。

「有件事讓我挺在意。一直期待或許能在哪裡得到相關證詞。」

今日子小姐說明她想再次前往探訪的理由。

「打從一開始我就有個疑問——遺言少女為何要從那棟大樓往下跳。」

「……這不是我們一直討論的問題嗎？我們不就是一直在調查她跳樓的真正原因嗎？」

「不是這個，我是說……為何她選擇往下跳的，偏偏是那棟大樓。」

感覺這只是把字詞的順序對調一下而已——不，不只如此而已。

可是這也應該已經討論過了。

四周雖然還有其他大樓，但都是些五層樓或六層樓高的大樓，附近只有那棟大樓可以確實提高死亡率。

我記得我們就是在大樓樓頂上談這些的。

「也不是那個。那棟的確是那一帶最高的大樓——但是其他地區肯定有更高的大樓吧？只要從十層樓以上的大樓跳下來，不管底下有沒有路人經過，就算底下設置著跳跳床，應該也可以死透透的。從這個角度來看，七層樓的建築物其實有點不上不下。」

「……」

相對而言——似乎是如此。

「再進一步來說，當我潛入學校時，為了打聽消息，自然也在校內散步觀察了一番。雖然沒有十層樓高的建築，畢竟是學校設施，每層樓的天花板都挑高，校舍也有相當高度。若是要跳樓尋死，算是很足夠了。」

我還以為遺言少女是刻意選擇能夠確實提高死亡機率的大樓來跳，但放寬視野，相對看來……的確不上不下。

聽到此話，我便知道她想說什麼了——剛才在我腦海裡一閃而過的也是這個。遺言少女為何不是在「校內」跳樓……當然，我並不是基於「國中生要跳樓就該從就讀學校的校舍樓頂跳」這種成見如此說。

從哪裡跳樓是個人自由。

從哪裡跳樓都可以自殺。

然而，這樣重新整理出來的疑問就變成——遺言少女選定的跳樓地點，為何不是最貼近身邊的學校校舍，也不是從十層樓高的大樓，而是那棟住商混合大樓呢——真不可思議。

在別處跳，我也不會搞到兩處骨折了，所以這可是與我切身相關……

「如果說有什麼是遺言少女非得從那棟大樓往下跳的理由……那可能就幾乎等於她自殺的原因。本來我以為只要繼續調查，遺言少女選擇那棟大樓的理由就會自然浮出水面，沒想到至今卻仍然連邊也摸不著。」

因此才想要重回現場——今日子小姐說。既然這樣，我也沒意見。或許向那棟大樓的相關人員打聽，真的能發現什麼也說不定。

「要是過去曾經有名人從那棟大樓往下跳，那麼『受到那個人的影響而跳樓』也會成為強而有力的假設吧！所以厄介先生，如果你不介意的話，可以在會合之前，向你以前上班的那家二手書店的老闆打聽一下嗎？」

就附加的請託而言實在太苛刻。

離職的店員哪有臉去這樣問老闆。

「那家店傍晚就打烊，所以我想老闆已經回家了……我也不曉得他家的電話。」

「這樣啊。還真早打烊呢。真是有夠傳統的二手書店哪……算了，那也無妨。」

即使我答來手足無措，今日子小姐並未表露出失望，只是聳聳肩說道。

「那麼，衣服的事就拜託你了。」

光是這項請託就已經很沉重了，但是我判斷如果繼續抵抗，她反而會繼續要求更多也說不定，於是我答應了。

不過，說是這麼說，這的確是個難得的機會。

難得有機會可以在得到本人許可的情況下，讓今日子小姐穿上我喜歡的衣服——嗯？

「那、那個，今日子小姐。」

「什麼事？」

一決定方針，今日子小姐似乎就立刻要離開醫院大廳展開行動。我連忙拉住她，提出在最後的最後才終於發現的問題。

「幫你買衣服是沒問題……可是，呃，你還沒給我買衣服的錢。」

「什麼？」

今日子小姐一臉難以置信地反問。

「要買我的衣服，還要我付錢嗎？」

2

先把我的時尚品味擱到一邊，選購今日子小姐的衣服時，應該注意的是要選擇長袖的款式——不管是褲子，還是裙子，都要選擇下擺可以蓋到腳踝的長度才符合理想。

因為她會把自己的肌膚當成最小限的筆記本來使用，所以給她的衣服除了要好看，同時也得負起遮住筆記的任務——不過如果要配合這個條件，選購起來倒是不會花上太多時間。

既然今日子小姐並未特別提出這樣的要求，那讓她穿無袖上衣或褲裙之類的應該也很新鮮，但是如果我的品味因此受到質疑，就得不償失了——所以就算會被認為是沒有創意的傢伙，這時還是走保守路線、不要想太多，看到不錯的套裝就買下，方為上策。

於是，我並沒有花太多時間在今日子小姐拜託我跑腿的任務上，可是由於在買東西的同時還東想西想著這些，所以不禁也想起了寫在今日子小姐右大腿上的文章。

「如果不是自殺的話？」

……雖然我認為這是相當關鍵，也是在調查這事件時，能從根本推翻整體概要的觀點，但是事情發展至今，今日子小姐好像完全不打算提及這個可能性的樣子。

或許今日子小姐是判斷這個假設還不能在作創社的會議室裡當著紺藤先生、皐本老師和取村小姐面前提出，只是事情到了這個節骨眼，依舊不肯向同行的我透露半分，未免有些不太自然。

說來白天也曾經討論過一次這個可能性，不過在進行調查的過程中，已經放棄了這個假設……畢竟「有人意圖殺害十二歲的少女」這個假設，再怎麼說都是太荒誕無稽，根本是不可能發生的事。

會合之後，再鼓起勇氣針對這點委婉地問問今日子小姐吧……當然我必須發揮演技，隱瞞這是不小心看到她大腿內側寫的文字才有的疑問，假裝是自己想到的可能性。

這時我才想到。

被她趁勢拜託買東西，於是就這麼速速與她分頭行動，而相約的會合地點——又是那棟住商混合大樓的樓頂上——實在是很糟糕的選擇。

上午讓今日子小姐一個人先上去，結果她不但跨過欄杆，還在那邊與遺言少女的體驗共鳴——所以現在搞不好又在做同樣的事。

那是最快的偵探之所以那麼快的原因之一，然而那個人在從事偵探活動時，該說是不瞻前，還是不顧後呢？總之經常不惜以身犯險。

當我前往會合時，正好目擊今日子小姐墜樓——也難說絕不會發生這種連想都不敢想的展開。萬一事情演變成那樣，我希望自己至少要能及時趕到她墜樓的落點上，於是我撐著向醫院借來的拐杖，一步一拐杖地加快腳步，前往那棟大樓。

3

先說結論。我的擔心最後只是杞人憂天——當我抵達會合地點，今日子小姐這位最快的偵探雖然已經先我一步抵達，但她似乎也是剛到，在已經漆黑一片的大樓樓頂上，將她脫下的靴子重新穿回去。

「啊，厄介先生，謝謝你！」

看到我拿在手上的東西，今日子小姐笑逐顏開，衝了上來——或許真的是一心想要趕快換掉水手服吧。

不過若是要模仿遺言少女的行動，穿水手服應該比在樓頂上穿脫靴子更能進入狀況才是。

「哎呀，我好期待厄介先生的品味啊！你會讓我穿什麼呢？」

「我想一定會辜負你的期待的……請不要再給我壓力了。倒是今日子小姐，事情辦得如何？」

「咦？什麼事情？」

「你不是說去辦私事還是什麼小事的嗎？」

「哦……」

今日子小姐臉上浮現了曖昧……或該說是複雜的笑容。若她真的是個國中女生，這表情倒是頗具深意。

「想請你只看結果、別問過程，但大概也混不過去吧。因為幾乎都是徒勞無功，毫無意義。」

「辦私事也會徒勞無功嗎？」

「說私事是騙你的。我其實是一個人去調查了。」

今日子小姐面無愧色地說道——不過，嗯，我想也是。

雖然在情勢所趨之下和她共同行動，但我畢竟不是置手紙偵探事務所的員工，也無能扮演華生角色，想必有些地方她就是不想讓我同行、有部份情報網就是不想讓我知道——我對於與今日子小姐之間難以拿捏的距離感，早已有所領悟。

我早已想開了。

「其實我又去了逆瀨坂家一趟。」

居然這麼簡單地就告訴我。

咦……重回這棟大樓之前，今日子小姐又走了一趟遺言少女的家嗎？

也是，考慮到晚上會有人回家的可能性，再跑一趟不見得會白跑……既然是這種小事，她為何不事先告訴我？

而且我們也不是沒一起去過。

「嗯，可是，我想厄介先生應該不會想再因為這次的事，蒙受更多的無妄之災才是……」

「無妄之災……？」

的確已經受夠了。

畢竟我從一開始就被無端捲入——可是事到如今，再拜訪遺言少女家又算什麼無妄之災呢？就算是為了有衣服可換，必須分頭進行……

「因為，如果我先告訴你，你就會變成共犯了。」

「共、共犯？」

「我趁著沒人在家，偷偷溜進去了。」

什麼偷偷溜進去。

根本是責無旁貸的違法行為……啊，所以才說不出口吧。

先不管要怎麼入侵門窗緊閉的透天厝，但這也難怪她要隱密行動。

這跟潛入女校的嚴重性可不一樣，我應該會阻止她吧……站在今日子小姐的立場，讓我這種龐然大物同行，鐵定會提高非法入侵的難度。

要我去買衣服，「無法忍受身穿水手服」這種個人理由顯然是其次，主要是為了不想讓我目擊違法調查……不是距離感，而是罪惡感的問題。
不過，反正終究是到了明天就會忘記的罪惡感，看忘卻偵探倒是一臉毫不在意的樣子……
「我想知道遺言少女住在什麼樣的房間裡，過著什麼樣的生活，即使無法向家人請教，至少想拜見一下遺言少女的書架。」
咦？怎麼跟之前說的不一樣。
在前往她家的路上，我和今日子小姐應該已經討論過「不該用書架上的書來揣測人的性格」了呀……
「同時擁有兩面的觀點是很重要的呢！」
今日子小姐毫無顧慮地說——雖然多少覺得這種說變就變的態度到底是怎樣，不過她說的倒也沒錯。
這也算是一種平衡感吧。
「能同時從正反兩方來看事情」縱使說不上是偵探活動必備的才能，但至少應該很好用吧。

總之，再深究也無濟於事。

比起目睹今日子小姐從大樓的樓頂上掉下來，對她的違法行為睜一隻眼、閉一隻眼是輕鬆多了……真是個讓人全方位心驚膽跳的偵探。

「所以呢……你都踩到紅線了，當然有些成果吧？」

該說是踩紅線嗎？還是秀下限呢……要是有人報警，可是會被用「穿著水手服的成年女性闖進空無一人的房子」來形容的哪。話說回來，既然她甘冒這樣的風險，如果沒有能與之匹敵的收穫，未免也太不合算了。

只可惜，我似乎想得太美了。

「同上，徒勞無功。遺言少女的房間裡根本沒有書架——看樣子她似乎是會把書扔掉的人。」

今日子小姐半點洩氣的樣子也沒有，聳聳肩。

「同上」是想表達啥。

犯罪果然是件不合算的事……還是腳踏實地的調查好。

硬是要我說些什麼的話，「會把書扔掉」應該是不想在自己的房間裡留下閱讀的記錄，所以從這個事實看來，或許更證實了遺言少女不願內心世界受到窺探的性格。

但老實說，已經不需要這種情報了……

「真傷腦筋呢。爬上樓頂以前，我還在這棟大樓裡繞了一圈，可是卻一無所獲。該說是束手無策嗎……這下子真的無計可施。怎麼會這樣呢。」

今日子小姐說著，抬頭仰望曾幾何時已經完全暗下來的天空。

現在時刻為晚上七點。距離時限還剩三個小時，卻已無計可施，真是太諷刺了。今日子小姐身為最快的偵探，三個小時明明可以做很多事……

「我一直在等下雨，可是只剩三個小時，應該沒希望了。」

今日子小姐仰望天空，喃喃自語。

原來她並不是仰望星空而陷入感傷，只是單純的確認雲量——雨？這麼說來，案發當天的確是個下雨天。媒體報導雖然不會提到「當天的天氣」，但是報紙上有天氣欄——今日子小姐大概是看到了那個吧。

該說是明察秋毫嗎……總之是無懈可擊。

如果要模擬案發現場，的確會連這點都想徹底重現吧——只可惜在我的手機通訊錄裡，並沒有能操縱天氣的名偵探。

「當然，我知道這是個無理的要求……只是，會令人很在意吧？遺言少女為何要選擇下雨天跳樓。」

「呃……只是她想死的那天剛好下雨吧……」

「是嗎？我曾經跨過那個欄杆，用自己的眼睛看過所以很明白，要是下起雨來地會很滑，站在那裡非常危險喔！」

這點就算不跨過欄杆也能明白。

準備接下來就要死，而且還是打算要從這裡跳樓的人，我想根本不會在乎地滑不滑……不過一旦在意起來，也是會在意的。

「失足墜樓」與「自己跳樓」完全是兩碼子事——現場並沒留下雨衣或雨傘，想像場景時還是會覺得「渾身濕透的女孩，在雨中自己選擇結束生命」的構圖比較自然，但這也是基於期盼事件能更戲劇化的成見嗎？

選擇這棟大樓的理由——還有，選擇下雨天的理由。

因為是突來的陣雨，這倒是可以歸類於「沒想那麼多」的範圍內。

「是啊。不過〈死亡帶路人〉裡也有個『絕不撐傘的男人』，還有在雨中自殺的橋段……我想確認她是否在附會這些，卻遲遲等不到下雨。」

今日子小姐說道。

「這麼一來，比起追究遺言少女自殺的動機，或許更應該專注精力在要怎麼說服阜本老師吧……」

看到今日子小姐打算將思考切換到這麼現實的方向，想必真的是束手無策了吧。雖然很不甘願，但是也沒辦法。畢竟今日子小姐絕不是超人，也不是萬能的偵探。

辦不到的事就是辦不到。

但我也不能因為如此，就打電話給手機通訊錄裡的其他偵探……嗯。

對了，那行筆記。

那行「如果不是自殺的話？」——今日子小姐寫在右大腿的備忘錄——今日子小姐從頭到尾都沒提到這件事，就舉白旗投降了。

換言之，那果然只是突發奇想，經過思考之後，已經排除的假設嗎——

可是，忘卻偵探特地寫在肌膚上的筆記，完全沒拿出來討論也很匪夷所思。

不管怎樣，問就知道了。

今日子小姐為何會想到這是他殺案的可能性，又為何會在之後排除了這個可能性呢……

「今日子小姐，我現在突然想到，有沒有可能遺言少女不是自己跳樓，而是被誰推下去的呢？也就是說，不是自殺，而是他殺——」

「什麼？」

雖然不到她逼我出錢買衣服時那麼誇張，但我話剛講完，今日子小姐就皺起眉頭，露出非常訝異的表情。

咦？

「討厭啦！怎麼可能呢？厄介先生。偽裝成自殺的他殺什麼的，你是推理小說看太多了嗎？」

偵探有立場這麼說我嗎。

「原來如此，這個想法很有趣呢。但說話要有證據才行。哎呀呀厄介先生，你可以去當推理作家喔。」

這是兇手在解決篇的台詞吧……唉，如果能當上推理作家我倒是想當。不過……嗯？怪怪的。

今日子小姐完全不理會我的說詞。

「厄介先生，不開玩笑，我想警方已經針對這點好好調查過了。如果是手法更為刁鑽的自殺也就算了，但跳樓——該說是非常原始嗎？總之是很單純的方法，我想應該沒有動手腳的空間。而且除了遺言少女之外，還有其他人在樓頂的話，不可能沒有留下任何痕跡——更別說若是爭執跡象，應該更引人注目。」

「……呃，這個嘛。」

我被她問倒了。

不過，現實的確是這樣吧。

要是被推落的，遺言少女不可能毫無抵抗……應該會馬上引起大騷動，所以如果真的有兇手，那傢伙應該無法逃離這棟大樓。

「可、可是，既然是這樣，今日子小姐寫在右大腿內側的那句話又是什麼意思……啊。」

啊個頭啦。

自己的演技之差，讓我眼前一黑——明明沒有做壞事，卻也沒有一件事是做得順利的。

「……」

我還來不及哀怨自己的人生怎能這麼沒有成本效益，今日子小姐已經瞬間展開行動。她一語不發，猛然掀開漆黑水手服的百褶裙擺，露出右腳的大腿根部——將雪白的大腿袒露在我面前。

視線所及的範圍內沒有半個字。

這也難怪，因為那段文字是她跨過欄杆，擺出不合人體工學的姿勢時，才能勉強看到的。

「厄介先生，能請你比照騎士侍奉公主那樣，在那裡彎下腰來嗎？」

分明是有事相求，這姿態也太高——但是以我現在的立場也無從反對——只能乖乖聽話，屈起自己龐大的身軀，當場蹲下來。

不曉得她想幹嘛。

「不好意思。」

今日子小姐撩起裙子舉起右腳，將腳跟連著小腿擱在我的左肩上。

宛如芭蕾舞者的動作。

雖然已經蹲了下來，但是由於我的身高高，肩膀位置仍然不算低……她的股關節柔軟度確實堪比芭蕾舞者的等級。

要比不端莊的程度，還真是比跨越欄杆更不端莊的構圖，裙子都已經撩到大腿根部，卻仍無隙可乘地按著裙襬不讓內褲走光的好本領，算是勉強還保住了優雅。

這個行為太莫名其妙，我不太明白是要表達憤怒還是什麼意思，只知道今日子小姐如此把右腳高高舉起，保持Y字平衡的固定姿勢時，整條大腿連內側都外露了——而且由於今日子小姐實在是太沒反應，讓我甚至開始以為是自己看錯——沒想到，就如同我白天所見，在今日子小姐的右大腿內側，確實有著一行用她的筆跡寫下的「如果不是自殺的話？」

證明了自己沒亂說話，這讓我大大鬆了一口氣，但今日子小姐可就不是這麼一回事了。明明是看著自己的身體、自己的筆跡，卻連聲「咦？咦？」大吃好幾驚。那模樣彷彿是完全不知道自己腿上為何會寫著這樣的字——接著她難得不知所措地這麼問我。

「這、這是什麼？是你寫的嗎？」

「請、請不要胡說八道。」

先不管筆跡的問題，我怎麼可能在不讓今日子小姐發現的情況下，把字寫在那種地方。

「那、那到底是誰……」

「還能有誰……不是你自己寫的嗎？今日子小姐不是會為了以防萬一，把字寫在自己身上嗎？」

我最近才知道這件事，但忘卻偵探倒也不曾刻意隱瞞這點——對於不確定什麼時候會喪失記憶的今日子小姐而言，不如說是必然的舉動。

「可是我沒寫過這句話呀！因為我壓根兒也沒想過遺言少女可能不是自殺。」

「是、是這樣的嗎……？」

我還以為這是白天我們在這棟大樓裡分頭行動的時候，今日子小姐向誰借筆來寫的……

忘了自己寫過嗎？

不，最起碼和我在病房見面之後，今日子小姐的記憶都是一貫的——在電車上感覺雖然有點危險，但她從頭到尾都很清醒。

不管是預習的內容，還是調查的內容，她都沒忘記——也不太可能是在分頭行動的時候不小心睡著。

那麼，這到底是怎麼一回事？

我已經委託忘卻偵探辦案好幾次，還是第一次遇到這種狀況，令我不由得陷入混亂。

「啊！」

就在這時，今日子小姐發揮了身為偵探的推理能力，敏銳察覺到事情的真相——才怪。

身為忘卻偵探，居然會犯下這種錯誤。

「這該不會是前一個案子的……」

4

我無從知曉今日子小姐昨天解決了什麼案子——只不過，從她本人雖然否認，卻顯然有些睡眠不足的樣子來判斷，可以推測案件應該是相當棘手。

隨著夜色漸濃，不小心睡著、失去記憶的風險大增——有別於今天的事件，昨天可能發生了必須筆記在身上的狀況吧。

姑且不論這行小字是否發揮了作用，當事情解決，已經沒有用處的筆記當然要進浴室洗掉——然而，也許有時會因為寫下筆記的位置太不尋常，一時大意而讓筆記留到隔天也說不定。

「如果不是自殺的話？」

……會說不通也是理所當然的。

原來這個記錄是昨天的今日子小姐為了解決昨天的案子而留下的筆記。當然，別說是跟遺言少女沒關係，跟這次的案子也沒有任何關係……

「這實在是我人生中最大的失敗……真是太丟臉了。」

今日子小姐說著，用另一隻手抓了抓滿是白髮的頭。

身為嚴格遵守保密義務的忘卻偵探，把另一個案子的筆記留到第二天，在她心中是絕對不能發生的錯誤吧——當然，她在做筆記的時候也花了一番心思，所以光看「如果不是自殺的話？」這種片段的文字，也無從揣測昨天發生了什麼事，只是對於為了不留下任何記錄，既不坐計程車、也不用悠遊卡的今日子小姐而言，問題可能不在這裡吧。

「呃，寫在這麼難發現的位置，忘了擦掉，也是情有可原的啊！」

我說著一點建設性也沒有的安慰。

一想到連本人都不容易發現的身體部位，如今卻（如字面上的意思）地展露在我面前，就覺得很奇妙。

「哎呀，真是的……好丟臉啊！」

大概是真的很難為情吧，今日子小姐毫無防備地哀嘆道。我明白她的心情，卻又覺得她差不多也該認知到這樣把腳抬得高高的姿勢其實更丟臉。

失敗是失敗，但幸好尚未搞到不可收拾的地步……

「也對，幸好是給厄介先生看到。」

這句話聽來還真是令人臉紅心跳——當然，牽涉到事務所的信譽問題，這應該是「好在不是被委託人看見」的意思吧。

「厄介先生，可以請你用這個幫我擦掉嗎？」

今日子小姐不再抱頭哀怨，拿出了一包不曉得是怎麼藏在漆黑水手服裡的酒精殺菌濕紙巾，伸手遞給我。

「請幫我湮滅證據。」

「好、好的。」

用詞固然有禮，卻是不由分說的口吻，因此我也只能接下這個任務——也對，畢竟是她自己擦不太到的地方，才會留到現在，硬要自己擦拭的話，裙擺迎風飄揚，內褲可能會走光。

沒帶用來在身上寫字的筆，卻隨身攜帶用來擦去身上筆記的工具，該說是忘卻偵探特有的細心嗎……我邊想著這件事，邊從她遞給我的袋子裡抽出一張殺菌紙巾。

說來，這是我第幾次擦去寫在今日子小姐身上的筆記了啊……不管是第幾次，對今日子小姐而言，都是第一次吧。

「哎哎，真受不了，真是太丟臉了……厄介先生，求求你，千萬別把你擦拭過我大腿的事情告訴任何人喔。」

不用她交代，我也不敢告訴任何人。

再說，我認為她真的搞錯了應該感到害臊的重點——高舉著一條腿的今日子小姐穿著水手服，而正在服侍她的我則手腳骨折，一想到這是多麼不可思議、莫名其妙的畫面，我就只想趕快完成這個任務。

「唉……等等換上厄介先生買給我的衣服時，也得檢查一下還有沒有其他忘了擦掉的地方才行。」

「是呀……」

我漫應一聲。結果「遺言少女並非自殺」的可能性，不過是我囫圇吞棗，或該說根本只是誤會一場的事實，令我真的非常失望。

就像是在案發現場發現毫無關聯的塗鴉，卻自以為是什麼重要的線索，喜孜孜想要解讀——看來我終究沒有扮演偵探的命。

這麼一來，無計可施的狀況已經成定局，就只能把剩下的時間用來思考如何安撫阜本老師了——最大的瓶頸，則在於今日子小姐下午激怒了阜本老師，我實在不認為他能夠冷靜地和我們對話——這雖然是今日子小姐自作自受，但還真是天有不測風雲……

「啊！」

明明是自己要我幫她把寫在身體敏感部位——連她本人的手也搆不到的部位——上頭的文字擦掉，或許心裡還是有些忐忑吧，今日子小姐突然發出這樣的驚呼聲。

「對、對不起。真的很抱歉。」

我連忙拚命向她道歉，把手拿開。

是我太用力了嗎？

我只能用單手，而且只有左手能動，很難掌握力道……但今日子小姐所說的話又更讓我一頭霧水。

「請別向我道歉，相反地，請為自己感到驕傲。」

定睛一看，直到剛才還為了自己的失誤而一臉難為情的今日子小姐，如今卻是滿面綻放著燦爛的光芒。

「謝謝你，厄介先生！」

還笑著向我道謝。

加上她的一條腿依然（擱在我肩上）抬得高高，感覺再這樣下去，她就會自顧自地跳起踢腿舞來……怎麼回事？到底是什麼心境上的變化？

「呃，今日……今日子小姐？」

「『如果不是自殺的話』——對惹，對惹，就是這個惹！我都沒有想到這個可能性呢——可是！」

今日子小姐絲毫不在乎旁人眼光，情緒激動地大喊大叫——「如果不是自殺的話」？

這個訊息指的是昨天的事，跟今天的這件案子應該什麼關聯也沒有吧？以為有關聯完全是我的誤解，而今日子小姐也就如她所言，壓根兒沒有考慮過這個可能性——壓根兒沒有考慮過？

沒有考慮過——原來如此。

也就是說，並不是在檢視之後排除這個可能性——而是現在才要開始檢視這個可能性。

「今日子小姐，那……」

「沒錯。就是你想的那樣，厄介先生。遺言少女的自殺並不是自殺……不，目前只是靈機一動，還必須審慎評估，不過恐怕就是這樣不會錯。」

忘卻偵探自信滿滿地說。

這又是說變就變的大轉變了，彷彿忘了她在前一刻才不容置疑地否決這推論——她剛才還為「忘了擦掉筆記」這個不應該發生的失誤垂頭喪氣，此刻已經完全感受不到那股沮喪。要說很有今日子小姐的作風，倒也充分展現了其勢利眼的一面，但對我來說，能看到她這麼有精神，總是比較好。

我的一場誤會居然能對解決這件事做出貢獻，讓我覺得好害臊，只是這下子，我們就要與時間作戰了。

用來完備推理的時間……今日子小姐必須更仔細地檢視這個若有所得的想法是否正確才行。

倘若真的不是自殺，就更是需要推敲。

因為如果是他殺，截至目前的調查方向將會產生一百八十度的轉變——必須從頭開始重新調查。

時間真的太緊迫了……

「期限是晚上十點。考慮到前往作創社的交通時間，只剩下兩個小時左右吧。嗯……這還真傷腦筋啊！」

今日子小姐說道。

是啊……即使是最快的偵探，這下子也只好放下身段，提出延長時間的申請了。只是想到昨天的事才令她苦戰了一番，今天的今日子小姐應該不太能熬夜……

然而，今日子小姐口中的「真傷腦筋啊」並不是這個意思。

「真傷腦筋——多出來的時間到底要拿來做什麼呢？」

「什麼？」

「要使出卑劣的手段來封口嗎？」

今日子小姐看似興致勃勃說道。她輕巧地鬆開了按著裙子的手，隨之摸上我右手臂的骨折部位。

「可以請厄介先生幫我檢查一下——還有沒有其他字留在身上嗎？」

第八章

提問的隱館厄介

1

晚上十點，我和今日子小姐再次端坐在作創社會議室的桌前。

不過，與進行途中報告時不同的是——漫畫家皐本老師和他的直屬責編取村小姐並未列席。

原本還以為是白天今日子小姐對作品的批評讓他氣到現在，結果並非如此（當然也多少是如此），單純是之後回去進行的工作至今尚未完成。

雖然沒遵守交稿期限……或直白說「拖稿」是漫畫家絕不可犯的禁忌，但從另一個角度看，也顯示了皐本先生仍是那般熱中於畫漫畫，對希望他能撤回封筆宣言的雜誌總編紺藤先生而言，必定是巴不得皐本先生缺席吧……因此，忘卻偵探解決篇的觀眾，就只有我和紺藤先生兩個人。

以解決篇的陣容而言，這實在太讓人提不起勁——雖然推理小說裡「可能會被揭發罪行的兇手哪可能乖乖出席解決篇」的展開早已長年為人詬病，但是在每個人都忙得不可開交的現代社會，光是要把人湊齊就很困難了。

「怎麼？掟上小姐，你換衣服啦？」

紺藤先生驚訝地說。

現在的今日子小姐穿著貼身的圓點圖案襯衫，搭配下擺很長的開襟針織衫、具有透明感的高腰長裙，加上黑色絲襪——與其說是我的品味，不如說實在是沒有品味。

絲襪顏色很明顯是受到水手服影響而選的，至於襯衫也不是為了配合時尚流行才挑了貼身樣式，純粹只是不合身。

儘管如此，大概還是比水手服好吧，所以今日子小姐一句怨言也沒有，反倒直說「很好看呢」而甘願成為我的紙娃娃——穿成這樣也能如此好看，真不愧是今日子小姐。

「是，我換過衣服了。」

今日子小姐打了個擦邊球。

其實她是換過兩次衣服。

要是看到穿著水手服的今日子小姐，我很好奇紳士如紺藤先生會說出什麼樣的評語……真想知道怎麼講才是男人該說的正確答案。

「請放心，已經完成推理了——我想一定不會辜負您的期待喔！」

「那真是太好了。」

當然，想必紺藤先生也不會以為忘卻偵探放棄職責，只顧著玩服裝秀，不過有了今日子小姐的拍胸脯保證，明顯讓他鬆了一口氣。

畢竟他身為總編輯，在處理這件事的同時也還有許多其他工作要處理，紺藤先生肯定相當勞神吧，得知有機會解決，也難怪他會如釋重負了。

我雖然也很替他高興，只是身為仲介，仍有一絲不安——基於「不想反覆說明」的理由，我又在一無所知的情況下坐進這間會議室。

不用我一再重覆，今日子小姐過去為我解了好幾次危，讓我對忘卻偵探的能力深信不疑，但她這次的推理——乃是奠基在我狀況外的誤會上。

不僅如此，自從在大樓樓頂上想通了什麼之後，她就沒有繼續進行任何調查——事實上，今日子小姐的偵探活動就在那時結束了。

這點對我來說實在很恐怖。絕不是在慶幸沒吃午飯的我們，能有餘暇慢慢吃晚飯的時候——與其說是恐怖，我甚至感到心虛。今日子小姐為何能這麼坦蕩呢，真是不可思議。

「那麼，掟上小姐，如此開門見山真是非常抱歉，可以請你趕快說明來龍去脈嗎？那女孩……遺言少女若不是因為阜本老師的作品，到底為什麼要自殺？還是在調查之後，發現原因還是出在〈死亡帶路人〉呢？」

紺藤先生略向前探出身子，以一種「要是結果如此，自己也已經做好心理準備接受這個事實」的口吻說道——相對於他的急迫，今日子小姐卻是一臉慢悠悠，緩緩將桌上的飲料送到嘴邊。

「別急別急，還請您冷靜些。」

那是她請紺藤先生特別準備的加厚黑咖啡，今日子小姐或許是打算讓自己更清醒一點來迎接解決篇。

並非自殺未遂，而是殺人未遂。

說是事態變得愈發嚴重也不為過。

就算那即為是真相，她真的能夠提出足以說服紺藤先生（以及我）的推理嗎……這也是偵探展現本事的時刻。

「紺藤先生，您似乎只著眼在自殺的理由上，不如換個角度想如何——假設遺言少女的跳樓不是自殺呢？」

首先，忘卻偵探厚著臉皮提出她自己壓根兒也沒想過的「假設」。

然後開始解謎。

討厭被人分析的遺言少女，終於要被徹底解讀。

2

「不、不是自殺……？」

「沒錯，我一開始就考慮到這個可能性了。」

真希望她不要打從一開始就說謊，我都快嚇破膽了。

她也太相信我的口風緊。

要硬扯的話，她的確在接受委託之前的昨天，就曾經這麼想過……但現在也沒人知道「昨天的今日子小姐」想過些什麼。

「留下遺書，擺好鞋子，然後少女墜樓……怪不得，如果只聚焦在這幾點上頭，除了自殺以外，的確觀測不到其他可能性了。但是，真相不見得就是如此。」

「掟上小姐，難道你認為……這是他殺嗎？」

紺藤先生大吃一驚。今日子小姐的想法固然讓他驚訝（雖然我想應該是一場誤會），可是這個出乎意料的可能性，似乎更令他跌破眼鏡。

「是的，我就是這麼認為。而且一切都如我一開始所想。」

說謊也未免說得太強勢。

難不成她是覺得看我在一旁冷汗直流的反應很有趣。

「真不愧是最快的偵探……」

今日子小姐在紺藤先生心目中的評價似乎又上升了，但她是因為說謊而加分，身為仲介，沒有比這個更心虛的事。

「可是，請恕我直言，掟上小姐。關於自殺還是他殺這點，警方不是在案發當時就已經徹底調查過了嗎？來找我的刑警們，好像也都完全沒有考慮過自殺以外的可能性……」

不只是刑警，連今日子小姐也沒有考慮過。

我也沒想這麼多，只是剛好看到留在今日子小姐大腿上的訊息，純粹囫圇吞棗罷了，而紺藤先生似乎馬上就對此產生疑問。

我暗自冒冷汗，心想再這樣下去，他會不會識破今日子小姐吹的牛。

「還是掟上小姐你要說，這事件的背後藏著一個能騙過警方科學搜查的狡猾真兇呢？」

「狡猾……倒是，要說狡猾也算是狡猾。」

自始落落大方的今日子小姐，唯獨在這時同意得有些支吾其詞。

「不過，要說淺薄也真是淺薄。至少我無法給這個行為太高的評價。」

「嗯？喔，我也沒有要對殺人犯……殺人未遂的嫌犯給予任何正面的評價就是了……」

紺藤先生一臉狐疑地說。

「狡猾」本來就不是讚美用的字眼吧——只是用到「淺薄」這個詞彙，聽起來就是很明確的鄙視。

當然，會想殺害十二歲的小孩本身的確是夠卑鄙，但即使對方是兇手，拿這種措辭形容也很不像今日子小姐的作風。

然而，緊接著今日子小姐卻說出更嚴厲的話。

「會變成這樣其實有很多偶然的要素，所以不能說一切都是按照兇手的劇本進行——相反地，整個計畫非常失敗。」

這倒也是，遺言少女雖然從大樓上摔下來，卻沒有死成……兇手的目的確實落空了。可是這樣的話，讓我突然很好奇兇手眼中的「成功」到底是什麼……

而且我碰巧經過遺言少女墜樓落點也是偶然，或該說是完全出乎意料的意外……那麼什麼樣的結局，才是兇手想要的呢？

再說回來——到底誰是兇手？

是我認識的人嗎？

在調查時遇到過嗎？

我一直在這個會議室裡忠實地扮演著聽眾，但這時終於忍不住。

「請告訴我吧，今日子小姐。」

我打破沉默，開口提問。

「企圖殺死遺言少女的人到底是誰？」

「遺言少女企圖殺死的人到底是誰——你應該要這麼問才對。」

今日子小姐回答。

「因為，她就是兇手。」

3

我昏頭了——這是什麼意思？

兇手是遺言少女？

所以搞到最後，還是自殺囉？

只是說法的問題——不，不對。

她想殺死的到底是誰？咦？

「那、那麼掟上小姐——你是說遺言少女企圖殺死厄介嗎!?不是碰巧，是瞄準厄介，故意往他身上壓嗎!?」

紺藤先生比我更迅速地從今日子小姐的暗示裡推測到答案。

顯然方寸大亂的問話聲大到一點都不像他，我也大吃一驚——當然不是被他的聲量嚇到。

瞄準誰？我嗎？

不是自殺，而是殺人案。

遺言少女不是被人推下樓，而是遺言少女為了殺我才跳下來嗎？

雖然媒體無憑無據地大肆炒作「人在落點上的我想殺少女」的言論……但實際上剛好相反嗎？

「不，少女瞄準的並不是隱館先生。」

相較於大驚失色的我和紺藤先生，今日子小姐倒是極為冷靜自持——稱我為「隱館先生」而不是「厄介先生」，大概是因為紺藤先生也在場吧。

「這裡是她的失敗，也是偶然。說得直接一點，是她搞錯人了。」

「……？」

搞錯人？

因為搞錯而被殺還得了……再說，遺書又該怎麼解釋？我完全看不懂遺言少女的目的……還有她為何要選擇那棟大樓來跳樓的理由。

「之所以不選擇他處，選擇那棟住商混合大樓做為跳樓地點的理由，是因為那裡是厄介先生上班的地方。」

今日子小姐說道。

嗯……也對，如果目標是我，這個理由的確說得通。因為遺言少女並不是在尋求殞命之處——不是五層樓的大樓也不是六層樓的大樓，不是十層樓的大樓也不是學校的校舍，高度什麼的根本無關緊要，就是非得這棟七層樓高的住商混合大樓不可。

為了瞄準走出大樓的我……可是，她剛才又說是搞錯人……

「從大樓的樓頂上跳下來殺人這種事，以方法來說實在是太粗劣了。實際上，她現在也還徘徊在生死之際……」

稍微冷靜下來的紺藤先生如是說。

「不算粗劣喔，只是複雜了點。」

今日子小姐答道。

「比起碰巧有人經過自殺者跳樓的落點，殺人犯看準經過正下方的行人故意跳下去的狀況，就現象來說應該比較容易成立吧？」

只要走在路上，就無法完全排除被隕石直擊腦門的可能性——甚至也會有從天降下一隻烏龜碰巧打到頭的可能性。

只不過，比起這種偶然成真的機率，由於可以自行瞄準，一個人看準另一個人經過時縱身一躍，確實命中目標的機率應該會更高。

警方再怎麼科學搜查都沒有意義。

因為現象本身——遺言少女所採取的行動本身，都同樣只是從大樓樓頂往下跳而已。

心中所想雖不同，但行為是一樣的。

樓頂上並沒有其他人，也不曾與其他人產生爭執——再加上現場還留有遺書和擺得整整齊齊的鞋子。

那也是她自己準備的嗎……？

不，可是……真是難以置信。我無法接受。

這種玉石俱焚、對己身安危毫無保障的作法——不僅如此，陪葬的可能性還高出許多。就算懷有殺意，這也幾乎是以身相殉了不是嗎？

「想問的事情……不對，非問不可的事情實在太多了，反而不知該從何問起才好……」

紺藤先生面向今日子小姐，慎重斟酌著心中想必多如繁星的問題。

「掟上小姐，還請你先告訴我『搞錯人』是什麼意思好嗎？如果不是要殺害厄介，遺言少女到底想要殺害誰？」

在這種情況下，仍然先從我的事開始問，可看出紺藤先生的人品……

然而就算是跟我無關，這也是我想知道答案的一問。

話說，像我這種彪形大漢，到底是要怎麼跟別人搞錯啊——另一方面，我也想不透十二歲的少女為何要置我於死地。

如果因為是「誰都可以」而被當作目標固然是令人毛骨悚然，但似乎並不是這麼回事——那是怎麼回事？

「這時候，身高並不是問題呢——因為從大樓的樓頂，亦即從正上方看下來，無法用身高來認人。」

啊，對了，我們也談過這件事。

當時好像是在討論落點上的肉墊怎樣又怎樣之類的話題……

「無法用身高認人——那要用什麼來認呢？用整個人直接空降突襲來舉例，恐怕兩位也不好想像吧……比如說，想要瞄準走在路上的我，從樓頂上丟東西下來的話，要看什麼來判別呢？」

「呃……這個嘛。」

光是從正上方俯瞰他人的機會就不多了——更何況如果還隔著七層樓高的距離，幾乎不可能判別誰是誰吧？

那麼，遺言少女的目標果然還是「誰都可以」嗎？不，可是……如果鎖定今日子小姐……

「沒錯。會認這頭白髮吧。或說從正上方看，也只能以白髮為基準。」

「……可、可是，這無法成為確實的基準吧？」

今日子小姐是因為年輕，那頭白髮才會特別顯眼，才能成為標的，但是加上五、六十歲的行人，滿頭白髮的人根本一點也不稀奇。

「沒錯。若只以白髮為基準，可能會搞錯人——就像把那天撐著借來的傘回家的隱館先生，誤認為二手書店『真相堂』的老闆那樣。」

4

選擇那棟大樓的理由。以及選擇下雨天的理由。

不同於今日子小姐，我的髮型沒什麼明顯的特徵——因此，在無法區別身高的上空，很難確定誰才是隱館厄介這個人。從下著雨，我又撐著「借來的」傘這個事實回推，遺言少女的目標並不是我。今日子小姐會這麼推理便不難理解了，也很簡單明瞭。

因為提到那天下雨，自然會聯想到我撐著傘，但今日子小姐怎麼知道那把傘是「借來的」，又怎麼知道借傘給我的人是「真相堂」的老闆呢？

「咦？因為你不是說過嗎？你去二手書店辦離職手續的時候，答應老闆下次要帶圍裙和傘去還他……因此，假如突然下雨，你又是撐傘回家的話，不就表示是向老闆借的傘嗎——我是這麼想的，難道不對嗎？」

不——沒有不對。

因為雨下得突然——那天，我沒有帶傘——所以向老闆借了傘要回家。今日子小姐是從零星的隻字片語之中，讀取到連我自己也沒發現的證詞……她居然這麼仔細地聽我描述離職點滴。

本以為是自己撐著傘，看不到上方，所以沒注意到從天而降的少女——原來那把傘才是讓我成為目標的標記。冷淡的老闆說他等雨停再回去，半強迫借給我的傘——平常都是老闆在用，印有書店名稱的傘。

對於在職場上不曾有過什麼美好回憶的我來說，非常感謝他的貼心，也覺得很高興……沒想到那竟會成為我骨折的原因。

「也可以視為幸好有傘當緩衝，遺言少女和隱館先生才能夠雙雙撿回一命呀。」

或許是那樣沒錯——當然，那時不只我的骨頭，傘骨也都折斷了，因為是把很好的傘，我還打算修好以後再還給他——不過，這是真的嗎？

還是有點難以置信。

雖然機率很小，但是不幸被捲入跳樓自殺的說法還比較合理——再說，少女為何要殺老闆？

「這我就不清楚了。不過可以猜想大概是有什麼糾紛吧，若不向老闆和遺言少女兩個人……至少其中之一問清楚的話……不過，單就目前的情況而言，動機是什麼都沒差吧？」

「沒、沒差嗎？」

「紺藤先生委託我的，是查出遺言少女自殺未遂的真相——十二歲的少女跳樓自殺的真正動機。可是一旦變成殺人未遂，自殺這件事原本就不存在，也不需要再繼續進行調查吧？而現在我們已經得證，這件事與皐本老師把自殺畫得唯美的短篇〈死亡帶路人〉完全無關了。」

「……」

這……是這樣沒錯啦。

〈死亡帶路人〉是自殺的故事，不是殺人的故事。

既然如此，這場「自殺」不是受漫畫影響而造成的事實就很明白了——大概是她之前講的「只是名字遭到利用」的情況吧。並非「為了隱藏真正的動機」，而是「為了掩飾殺人意圖」的煙霧彈。

可是，這個結局也太令人消化不良了。就算這是真相，我和紺藤先生就算了，我不認為皐本老師會相信。

而今日子小姐似乎也不是這麼不明事理的人。

「至於遺言少女為什麼要選擇這種方法，我倒是可以來分析一番。」

於是她補充。

「如果有需要的話，我也可以試著依序說明到底發生了什麼事，以及我認為這件事有什麼內幕。讓各位清楚明白遺言少女到底想做什麼、打算做什麼——以及失敗了什麼。」

「還請你務必說明。」

紺藤先生和我異口同聲。

都到了這個地步，要是在這裡結束，未免也太吊人胃口了。

「那麼我就簡短地說明一下。」

今日子小姐開始話說從頭。

「假設有位少女對某人懷著強烈的殺意——而且是非常非常強烈的殺意——至於殺意的具體內容，請恕我再重複一遍，得問當事人才會知道。只要在這個前提之下向周圍的人打聽，或許就能掌握大致的動機。」

說得簡單，但事情可沒有這麼簡單。

只是，不同於以個人行為結案的「自殺」，若是影響範圍擴大到其他人的「殺人」，要探索其根源的難度可能會降低很多。

再說，也有人認為尋找動機沒什麼意義——我個人不太欣賞這種想法，不過在我仰賴的偵探之中，也有總是揚言「我只要能解開充滿魅力的謎團就夠了，對犯人的動機沒興趣」的名偵探。這點的確是很沒有人味，事實上，他也很冷漠——但如果要說只是解開了「充滿魅力的謎團」就一臉什麼都懂的樣子，開始對兇手滔滔不絕說教的名偵探就比較有人味，那倒也未必。

如同一個人基於任何理由自殺都不奇怪，一個人基於任何理由差點被殺，或是真的被殺也都不奇怪——好吧，暫且先把這個問題吞回去好了。

遺言少女打算殺死書店老闆。

懷抱著孩子般的強烈殺意。

所以，在此希望今日子小姐告訴我的，並不是殺人的理由——而是為了殺害老闆的少女，為何要選擇這麼迂迴曲折的方法。

不知該說是迂迴曲折，還是危險的方法。

「並不是為了施展詭計而施展的詭計……感覺比較像是一個突發奇想，於是就動手了……這樣嗎？彷彿算準打烊時間突然下起的雨，讓她鬼使神差地在衝動之下，將腦海中的妄想付諸實行……」

我戒慎恐懼地問今日子小姐。

問得宛如傑出的推理小說裡經常會出現「只不過為了殺死一個人，誰會這麼大費周章啊」、「單純找個夜晚在半路上襲擊殺害目標之後埋在山裡，被發現的可能性還比較低不是嗎？」這種溫情吐嘈的解答範例。

製造出密室的理由是因為兇手為推理狂。

乍看之下是穿鑿附會，但其實意外地極具真實性——想起遺言少女看的書之雜——她好像也看推理小說。

喔不，不是雜——是平衡。

「的確，要是沒下雨，她可能就不會這麼做了，但就如同沒有下不停的雨，雨遲早是會下的——隱館先生認為以傘做為目標，從大樓樓頂跳下來壓殺人的風險太高吧？不見得一定會命中目標，就算命中目標，也不見得能確實殺死目標——不過，唯一能確定的是自己肯定會身受重傷，最糟糕的情況是只有自己喪命。」

我就是這個意思。

而且現實生活中幾乎都會發展成這種最糟糕的情況。

不，甚至還有更糟的。

以不夠精確的標記做為識別基準，結果壓到另外一個人。又，即使是命中了目標，但只有自己受到昏迷不醒的重傷。被鎖定的目標——老闆甚至沒發現自己險些被殺。

既是悲慘的結果，也是笨到家的結果。

就連只是無辜受到牽連的我，也覺得真是夠了。

比起這麼做——我並沒有提修正案的意思——隨便拿把水果刀，不是從頭頂，而是從背後鎖定正要回家的老闆，更容易達成少女的目的吧。

「可是，這麼一來雖然可以確實殺死對方，但也會穿幫吧？」

「穿幫……是被捕的意思嗎？」

「不是，是『想殺死對方』這件事會穿幫的意思。」

「？」

有什麼不同？

當然沒有兇手會喜歡被警方逮捕，但是一般應該會覺得總比死掉好吧。的確，因為她選用這種手段，在此時此刻之前，我都沒想過遺言少女是想要殺害老闆——別說是老闆，就連說是要意圖殺害被誤擊的我，我也不會信。

「正因為她選擇了這種匪夷所思、不要命的方法……」

紺藤先生彷彿是要說服自己似地對自己說。

「現階段，她心中的殺意仍然隱蔽，還沒有被人看穿……這對她而言，也是自己希望的結果吧？」

「嚴格說來，倘若一切如她所願，遺言少女壓在老闆身上的話，我想動機和目的早就公諸於世了。但由於隱館先生這個一點關係也沒有的第三者遭到無妄之災，增加了這件事的偶發性。因為找不到她和『碰巧路過的行人』之間的關係，才會被解釋成一樁不幸的意外吧。」

今日子小姐沒有明說，但是「碰巧路過的行人」還碰巧具備冤罪體質，對少女當然是有利的，懷疑的目光都轉向這個怎麼看怎麼可疑的人——也就是我身上——所以誰也無法從少女的行動之中察覺到殺意。

即使是——忘卻偵探也不例外。

萬一「昨天的今日子小姐」不曾犯下「忘記擦去記錄」這種不能發生的粗心失誤，她甚至不會想到「如果不是自殺的話？」這個可能性吧。

即使身為「受到池魚之殃的被害者」的我都毫無頭緒，自然感覺不到殺意——也感覺不到刻意的作為。

從這個角度來看，少女雖然因為巧合撿回一命，卻是一點也不幸運，只不過單純是個失誤。

因為她賭上性命的目的完全沒達成——

「……可是，照掟上小姐的說法，比起被警方逮捕，遺言少女更想隱藏她有殺意這件事吧？甚至想偽裝成意外……」

紺藤先生的這句話真可謂真知卓見。

由於少女目前仍然昏迷不醒，誰也不會這麼說，誰也不好這麼說——可是等她一旦清醒過來，想必會被追究差點害死人的責任。

即使十二歲不會被追究刑事責任，但因為自殺未遂而差點造成第三者送命的事實將一輩子都會跟著她——所謂道義上的責任，以及社會的制裁。

……對了。

她不是要隱藏殺人的行為，而是要隱藏殺意——也就是說。

「她似乎是個幾近病態地討厭被人分析的女孩子。」

今日子小姐說道。

這是她承受了被國中女生玩弄的屈辱所得到的訊息——遺言少女是一個就連看書也要故布疑陣的少女。

「她討厭別人隨便評論她——因此，她隱瞞自己喜歡的東西是什麼，就算是不喜歡的，她也會刻意去接觸。所以才會有人說她是個很注重保持平衡的人。事實上也是如此——不想讓人知道她存心殺人，所以才偽裝成自殺。不想讓人探究她真正的動機，所以留下遺書——假的遺書。」

這也應該不需要在此贅述了，遺書裡寫的動機當然是用來故布疑陣的煙霧彈——今日子小姐說。

對了。

皁本老師和我一樣，都是無端被捲入少女的殺意——不，我是因為失算才被捲入，但皁本老師因為是知名人士，是算計之下的被捲入。

「……作品名稱被這樣使用……被這樣惡用，表示對遺言少女而言，〈死亡帶路人〉並不是她喜歡的作品吧。」

似乎是在猶疑該怎麼向皁本老師報告才好，紺藤先生開口向今日子小姐確認。

今日子小姐或許認為這一點已經無庸置疑了，一言不發只是點點頭——這麼一來等於是再次確定此事與皁本老師無關，可是實在高興不起來。

用來故布疑陣——換句話說，幾乎是與「用完即丟」無異——無關評價好壞，對作者或編輯而言，已經問世的作品受到如此對待，肯定不好受。

背後的意義和「受到自己作品影響的小孩自殺了」完全不同，但也是足以讓漫畫家從此封筆也不奇怪的衝擊事實。

作品在發表的那一刻，就已經是讀者的了，無論受到什麼樣的評價，都應該虛心接受，如果這樣就一蹶不振，一開始就不應該投身創作——這是非常崇高的志向，但並不是非具備不可的條件。

「我想阜本老師應該沒問題吧。被我批評的時候氣成那樣，足見他充滿了活力……所以應該不會封筆吧。就算想封筆，大概也辦不到吧。」

「……辦不到嗎？嗯，雖說最後是跟他無關……」

面對今日子小姐讓人覺得有些不負責任的評論，紺藤先生略露詫異，接著說起自己身為編輯的見解。

「一旦心底出現過『自己的作品可能會殺死讀者』的想法，要說不會對他今後的創作風格造成任何影響，我想是不可能的。極可能會讓他的創作意欲……不需要受到管制，或許他就會自我設限了。或許以後只能畫出卑躬屈膝、不慍不火，有如教科書般的漫畫。這樣的話，以一個漫畫家來說，跟退休也沒什麼兩樣了。」

「正因為心底出現過自己的作品可能會殺死讀者的想法——阜本老師才會再也離不開創作活動吧！雖說到頭來只是模擬體驗，嘗過一次自己的作品足以左右讀者人生的『有趣』滋味，阜本老師是絕對不可能封筆的。」

這也是——對作家的幻想吧。

只不過，算是有幾分真實的幻想。

阜本老師說過他是因為覺得有趣才當漫畫家的，一旦不有趣就要封筆不畫——撇開倫理道德來思考——對他而言，這次的體驗不可能不有趣。

自己的作品具有差點奪走一條人命的絕對影響力——這種危險的妄想雖然是一場惡夢，但也是一種夢想吧。

透過故事——可以讓人生，也能讓人死的夢想。

要是沒有這種夢想。

誰都不會去閱讀故事，誰也不會去創作故事。

「……不過，我也不會讓他這麼做的。不管是退休，還是萎縮。」

紺藤先生說道，不知道他對今日子小姐的意見有多少共鳴——也許不同於作家，但這也算是一種決心的宣示吧。

「托掟上小姐的福，看來還勉強趕得上截稿日。下一期的分鏡，應該可以在今天晚上完成吧。」

到時候我再告訴阜本老師事情的真相——紺藤先生說。

「那就好。」

今日子小姐微微點頭，換了個話題。

「那麼，紺藤先生，解決篇差不多也告一段落了，我可以提出一個厚臉皮的請求嗎？」

如果是平常的今日子小姐，接下來應該會提及付款事宜才是——厚臉皮的請求？

「當然可以。只要是我能力所及之事，請你儘管說。」

身為委託人，原本沒理由對忘卻偵探這麼說才是，不過這次又是因為今日子小姐的幫助而得以解圍，紺藤先生義不容辭地一口答應。

「你剛才提到了分鏡，是下一期《好到不行》的漫畫分鏡吧。呃，我白天的時候也說過，為了預習這個案子，我一路拜讀到最新一期……所以很想知道後續發展，可以讓我在回去以前，先看一下那份分鏡嗎？」

居然要求看剛出爐的分鏡，的確是十分厚臉皮的請求。由於這並不是為了工作，而且到了明天一定會忘記，但就算如此，今日子小姐還是想一窺甚至還沒完稿的分鏡，這表示阜本老師的作品，確實是具備相當魅力的。

這也是在本次的事件中，第四個確切的事實。

「……說是說今天晚上，但畢竟是創作活動，不曉得要搞到幾點喔。」

「沒關係，即便是最快的偵探，有時候也要等待。」

「那我就來想想辦法吧。」

明明是極不合理的荒謬要求，紺藤先生卻像是得救了似的，展顏微笑。

終章

執筆的隱館厄介

幾天後，我去以前上班的推理小說專門二手書店「真相堂」還圍裙和雨傘時跟老闆說了些話，大致掌握到遺言少女跳樓的動機——至少可以算是隱約看見輪廓了。

不。

既然遺書是捏造的，就不該再稱她遺言少女，應該好好稱呼這位國中女生——逆瀨坂雅歌。

在忘卻偵探結束工作，可喜可賀地皐本老師也撤銷了封筆宣言（當然，後來也經歷了一番苦戰奮鬥）的此時此刻，或許不該再度舊事重提，但是讓與自己有牽扯的事件以「動機不明」作結，不清不楚就要收場，嚴重違反我的主義。

不是主義而是意見——或許也不是意見，就只是感想——即便是匿名性很高的未成年犯罪，也不能全部都用「心底的黑暗面」交代一切吧。

照亮黑暗，是大人的工作。

從現役無業遊民的我口中說出來，或許很沒有說服力就是了。

那是我開始在「真相堂」上班以前的事，逆瀨坂雅歌在她還是個小學生的時候，似乎就常去光顧那家店了——也就是所謂的老主顧。

因為老闆是那樣的性格，不管是老主顧還是常客，都和他沒啥交流——不過，老闆似乎一開始就知道跳樓的少女是他店裡的客人。

從非法入侵逆瀨坂家的今日子小姐收集到的情報得知，逆瀨坂雅歌的房間裡沒有書架。我們當時判斷她大概是「會把書扔掉的人」，但是除了扔掉以外，要處分書還有別的方法。

送人——或者是賣給二手書店。

紺藤先生可能會皺眉碎念「你們這些出版社的敵人」，但是對於中小學生而言，二手書店可是重要的生命線——將賣書得到的錢再去拿買下一本書的作法，使得逆瀨坂雅歌不需要書架，就能持續閱讀。

這究竟是什麼樣的人生啊。

如同從未對媒體透露過我的事，「真相堂」的老闆也絕口不提自己認識她這個客人——這可說是頑固經營者對於媒體的厭惡使然，但也可說是他比起時下的企業，更為小心處理顧客資料的表徵。

不過，他對逆瀨坂雅歌的顧慮卻產生了反效果——不，那也應該算是思慮不周的結果吧。

事情發生在僱用我的前不久。

老闆或許只是一時心血來潮，也或許就跟借傘給我的時候一樣，只是展露他拙笨的體貼，也或者是少女那天的樣子，令他多少有些擔心——總之他第一次開口對著小小的常客招呼了一聲。

「喂，剛進了你可能會喜歡的書喔！」

……據說逆瀨坂雅歌一聽到老闆的話，立刻臉色發白，接著隨即逃也似地衝出那家店。

當時就讓老闆一頭霧水，即使在那之後，老闆也似乎沒能真正理解她為何要跑——他以為單純是那個孩子很害羞，可能因為突然被店裡的人喊住而嚇了一跳吧——他以為就是這麼一回事。

然而，偕同名偵探花費整整一天的時間調查了逆瀨坂雅歌的我，馬上就明白箇中緣由。

對於十二歲的少女而言，被識破自己「喜歡什麼樣的書」是難以忍受的奇恥大辱——她近乎病態地痛恨被別人知道自己是什麼樣的人、在想什麼、喜歡什麼東西。

逆瀨坂雅歌就是這麼一個近乎病態地害怕被人理解的少女。

因此，她在二手書店買書或賣書時，應該也施了很多障眼法，卻還是瞞不過老闆的法眼——老闆輕而易舉地看穿了她喜歡什麼樣的書。

就像學校的圖書館主任能看穿她討厭被人分析的本質一般，在專家的面前，這種障眼法只不過是小孩子程度的把戲。

然而，如果能想到這是小孩子程度的把戲，也應該同時顧慮到小孩子的纖細敏感——當然，也有很多喜歡這樣「你知道我想要什麼」的客人——但在這世上，也還有很多人是不喜歡這樣的。

對逆瀨坂雅歌而言，被窺見內心世界，是比被看見裸體更丟臉的事。

丟臉到想死。

丟臉到想殺人。

今日子小姐說過，她恐怕沒有可以發洩那種幼稚殺意的環境——家人、導師或同班同學，誰都沒能阻止她。其實，也用不著非得與她面對面交談，只要有一點點像是陪她一起打電動那樣的體貼，就能順利化解才是。

所以——她跳樓了。

如果被人知道自己是因為覺得丟臉而殺人也很丟臉，所以偽裝成自殺。但是如果被人以為自己是因為沒有朋友、家裡有問題而自殺也很丟臉，所以寫下捏造的遺書。

至於會認為「受到漫畫的影響而自殺也很丟臉吧」的看法，畢竟只是失去童心的大人才會有的感覺，況且今日子小姐也說過，如果周圍的人能對少女的故布疑陣全部照單全收，或許還比較不會出問題。

巧妙地騙過所有人，反而能讓她感到安心。

看在我這種人的眼裡，將被人理解視為奇恥大辱、寧可被人誤解還比較高興的感性實在是莫名其妙，但對於極度想強調「不被理解的自己」做為自主表徵的少年少女心，多少還能有點感同身受。

雖然她正是厭惡被別人這樣感同身受。

反過來說，她在學校格格不入、家裡有問題這些事由，也都足以解釋成為她之所以自殺的理由——再進一步來說。

我甚至懷疑，「為了殺死老闆而跳樓的殺意」會不會才是障眼法，她其實只是在尋找一個藉口，來滿足始終存在於心中的自殺欲望。

無論理由為何，人就是會殺害他人，人就是會殺害自己。

真是如此，那也實在太諷刺了。

唯獨漫畫名稱被白紙黑字寫進遺書的那篇阜本老師作品，正因為被寫在遺書裡，反而能將其完全摒除在善感的少女跳樓自殺的理由清單之外。

逆瀨坂雅歌之所以壓在我而不是老闆身上，除了因為認傘不認人，也是因為她不曉得在自己倉皇逃離之後，那家店就僱用了我——結果又因為我成為眾人矚目的焦點，使得她寫的遺書未能曝光。

這麼看來，逆瀨坂雅歌的計畫在執行時，可說是比今日子小姐點評的更為一敗塗地——沒有一項計畫是成功的，失敗到甚至連要稱之為「計畫」都太過抬舉了。

要說這種還稱不上是青春期，卻也纖細敏感的羞澀是為其動機，甚至會感覺有些稚拙可愛，但若要如此去理解這件事，又有點不太對。

我覺得很不對。

因為，當我試著去想像她的計畫要是順利進行、如願成功的話，不禁毛骨悚然——只是好心跟她寒暄一句的老闆不明不白地被殺，而一名漫畫家的作家生命也會因此畫上句點。

……或許就連她的「自殺」也成功了。

這不是可以原諒的事。

不是道歉就能善了的事，就算以身相殉，也無法彌補任何事。

因為是十二歲的少女，所以不用承擔刑事責任，今日子小姐所提出的解決或解釋也不會公諸於世，這事件將從此埋葬在黑暗裡——但是就這樣以埋沒葬送作結，實在太不堪了。

因此，我希望目前仍然無法離開加護病房的逆瀨坂雅歌一定要醒來。希望她的尋死之舉以失敗告終。希望有朝一日，不管她喜不喜歡，都要看我針對這事件所寫下的備忘錄，好好羞愧到面紅耳赤，無地自容。

才不能讓她這麼輕易地死去。

要讓少女丟臉也得活下來——希望她厚著臉皮活下去。

說來，據紺藤先生所述，阜本老師在決定繼續畫漫畫下去時，還講了這樣的話。

「一旦挑起事端，或許會給自己喜愛的漫畫惹麻煩——有鑑於此，將來我會盡力去畫出讓人在行動前，能為喜愛的事物去多想一秒的作品。」

這既跟今日子小姐的意見不同，也很難說阜本老師如此下決心能算是好結局，但或許這就是「專業的見解」吧。當然，我這種外行人並沒有這樣的覺悟，也不會得意忘形地以為自己的文章能為她帶來正面影響。讓人閱讀我不成熟的文章實在汗顏至極，不過在某個層面上，我和她也算是曾經生死與共的伙伴——就讓我們一起丟臉吧。

要防止跳樓的方法，並不是在樓頂裝設欄杆。

而是要好好地讓對方知道——摔下去可是很痛的。

附記

接下來算是私事。在事件解決以後又過了恰恰兩個月，我右手和右腳那兩處的骨折才完全治癒——雖然因為流失掉了一些肌肉，還需要一段時間進行復健，但總之這麼一來，我終於能重新開始找工作了。

當我要丟掉拆下來的石膏時，赫然發現原本用來固定大腿的石膏背面，居然寫著一些小字。

「恭喜康復♡」

是今日子小姐的筆跡——在心形符號的旁邊，還畫著一個讓人聯想到戴眼鏡偵探的可愛人物插圖，大概是用來代替署名吧。不知為何，她還給人物加上漫畫般的貓耳。

故意將訊息寫在我視線所不及之處，不管是心形符號還是插圖，與其說是親暱的表現，更像是經過算計的捉弄。

到底是什麼時候寫的……

這兩個月來，我一直在不知不覺之中，和這個像是一顆定時炸彈般的訊息一起過日子嗎……我不曉得自己為何要被她這樣鬧，但是如此一想，又不禁苦笑。

在石膏上塗鴉——根本是國中女生程度的惡作劇。

就在懷念起那天熱情傾訴自己多麼嚮往骨折的今日子小姐之時，我也想起那句寫在忘卻偵探大腿內側的訊息——

「如果不是自殺的話？」

那到底是件什麼樣的案子、關於什麼事情的訊息呢？事到如今，我卻開始耿耿於懷了。

訊息的內容固然重要，但是訊息的位置——像這樣，被她把字寫在石膏上之後，我才發現自己看不太到的位置，必然也是自己寫不太到的位置……也正因為如此，今日子小姐才會失常地忘了擦掉。

那麼，今日子小姐究竟是在什麼樣的情況下，才會把訊息筆記在自己的大腿內側呢。

當然，在遵守終極保密義務的大前提之下，忘卻偵探經歷過的「昨天的事件」究竟是怎麼一回事，我是無從知曉的……

不。

原本是無從知曉的，但是在那之後，由於做夢也想不到的意外機緣，我得以知道今日子小姐在這次工作前一天經歷過的事。

那是被稱為「罪惡館殺人事件」的——一件匪夷所思的犯罪。

寫在最後

有個心理測驗的問題是：「如果明天就是世界末日，你最後想在什麼樣的店裡吃飯？」也許你會想吃點好吃的，或者嚐點稀奇的，也或許會想來頓回憶中的美好一餐。想必是腦中浮現各種答案而難以選擇其一，但仔細想想，「如果明天就是世界末日，還會有廚師上班嗎？」的疑問又閃過腦海。這麼一來，從準備食材到烹調，就只能全部自己來了，而且當明天就是世界末日之時，能不能弄到像樣的食材和廚具也很難說。不管是地球還是世界，都不會「碰」的一聲就驟然落幕，總會有邁向滅亡的經過、流程和步驟，所以我認為「明天就是世界末日」和「地球幾乎要滅亡的今天」應該幾近同義才是。這也關乎「瀕臨滅亡」與「正在滅亡」之間到底有多少的差異，既然如此，在論述地球呀世界之類規模巨大的主題以前，所謂「活著」與「死去」之間的區別又有多明確呢？同樣挺耐人尋味。像是「半死不活」或「活在大家的心中」這種俗諺成語，也許算是相當貼近的比喻吧。縱使被人鼓勵「心想如果馬上就要死，必能更認真地活下去」，要是去擴大解釋這句話，又會覺得言下之意好像是被嫌棄「當你無法認真地活下去的那一刻，就已經跟死了沒兩樣」一般。不過要是能轉念，心想反正「已經跟死了沒兩樣」，倒說不定能拋開一切、不再留戀，從而下定決心一拼也說不定。

如此這般，這是忘卻偵探系列的第四彈。隱館厄介回來了。雖然一回來就活受罪，但也嚐了點甜頭，所以就當扯平了吧（有扯平嗎？）回想起來，系列第一彈《掟上今日子的備忘錄》剛好在一年前出版，現在竟已經來到第四彈，最快的偵探就像是忘了休息為何物的速度，連作者也為之愕然。而且還預告下下個月要出版第五彈……今日子小姐，請你辦案不要辦得比我打字還快好嗎？謝謝閱讀《掟上今日子的遺言書》。

封面是穿著水手服的今日子小姐。正如看完本書的各位所知，這身水手服是國中生的制服。本是會頗擔心「這不要緊嗎」的意象，VOFAN先生畫來卻是非常美麗。感激不盡。也感謝完全配合今日子小姐速度奔走的講談社文藝第三出版部，同時我也想開始寫《掟上今日子的辭職信》了。

西尾維新

娛樂系 020

掟上今日子的遺言書

作者　西尾維新
譯者　緋華璃
責任編輯　林依俐
封面繪圖　VOFAN
封面設計　Veia
版型設計　POULENC
內文排版　高嫻霖
出版顧問　陳蕙慧
發行人　林依俐
出版　青空文化有限公司
100台北市中正區忠孝西路一段50號
22樓之14
讀者服務信箱：service@sky-highpress.com
總經銷　大和書報圖書股份有限公司
電話：02-8990-2588
印刷　前進彩藝有限公司
出版日期　2016年10月　初版一刷
2017年7月　初版三刷
定價　260元
ISBN　978-986-93303-5-0

國家圖書館出版品預行編目(CIP)資料

掟上今日子的遺言書 / 西尾維新著 ; 緋華璃譯 .
-- 初版 . -- 臺北市 : 青空文化 , 2016.10
288 面 ;　10.5 x 14.8 公分 . -- (娛樂系 ; 20)
譯自 : 掟上今日子の遺言書
ISBN 978-986-93303-5-0(平裝)
861.57　　105017602